U0658543

选自《强权政治》（1971） 159

诗：1976—1986

献 给
我 的 家 人

诗：1965—1975

选自

《圆圈游戏》

1966

这
是
我
的
一
张
照
片

它摄于不久前。
乍看好像
一张有污迹的
印刷品：模糊的线和灰斑
与这张纸融为一体；

接着，你若细看
它，你瞧见左边角上
一个树枝状的东西：一棵树
（冷杉或云杉）的一部分露出来
向右伸去，中途
应该是一块和缓的
斜坡，一座小木屋。

那背后有一片湖，
而上端，是些小山包。

（这张照片摄于
我淹死后的那一天。

我在湖里，在照片的
中心，刚好在水面之下。

很难说出我恰好
在哪里，或说出
我有多大或多小：
水的效果

在光照中失真了

但如果你看久了，
最终
你就能够看到我。）

洪
水
之
后
，
我
们

我们一定是唯一
留下的人，在迷雾中
薄霭四起，同样弥漫
在这些树林间

我步行过桥
赶往安全的高地
（树顶就像岛屿）

收集着溺死的
母亲们沉没的骨头
（在我手中它们又硬又圆）
白雾如水
清洗我的双腿；

鱼儿一定正在
我们之下的森林中游泳，
宛若群鸟，飞于树间
而一里地之外
城市，宽阔而安静，
横卧于不为人知的，遥远的海底。

你在我身边闲荡，谈论着
早晨的美，
根本不知道
已经发生了一场大洪水，

抛起的小石子

漫无目的地越过你的肩头
落进浓稠的空气，

没有听见就快出现的第一声
磕磕绊绊的脚步
（慢慢地）来自我们身后，
没有看到
这近似人类的
兽脸正从石头里
（缓缓地）
成形。

城
市
规
划
者
们

观览着这些适于安居的周日
街头在干燥的八月阳光下：
让我们不快的，恰恰是
合情合理：
房屋排成学究般的行列，栽种的
环保树木，宣称
表面的平坦就像是对我们
车门上的凹痕的一个指责。
此处禁止喧哗，或
打碎玻璃；没什么比
一台电力割草机的理性悲嚎更粗暴，
在受挫的草地上切出一行笔直的刈痕。

但是尽管车道整洁
用保持平滑
来避让歇斯底里，屋顶一律伸展
相同的斜面以躲开火热的天空，
可靠的事情：
溢出的油味，一种轻微的
恶心萦绕在车库中，
溅在砖上的一块涂料斑不可思议如一块擦伤，
一根塑料水龙带摆出一副污浊的盘卷的
姿势；就连宽敞的窗口太固执的瞪视

也顷刻间接近
在灰泥那未来的裂缝
后面或下面的这片风景
当这些房屋，倾覆了，将不知不觉中

斜斜地陷入泥土之海,缓缓似冰川
而目前并没有人注意到。

那是被有着政治阴谋家
疯狂面孔的城市规划者们
散布的不能勘查的
领土,互相隐瞒,
每个人都处在他自己的私人暴风雪中;

推测着方向,他们勾勒
昙花一现的线条僵硬如墙上的木制边框,
在消散的白色空气中

追寻着郊区秩序的恐慌,
在一场飞雪乏味的疯狂里。

圆
圈
游
戏

一

孩子们在草坪上
手挽手
转着圈儿跑动

每条胳膊挽住
近邻的胳膊，围成
完满的一圈
直到它再次
恢复成各自单独的
身体

他们在歌唱，但
并非彼此对唱：
他们双脚移动
几乎与歌唱合拍

我们能看见
他们表情专注
他们的眼睛
盯住虚空
那刚好在他们面前
移动的空间

我们可能误以为这种
绕圈跑动是快乐的
但并无快乐在其中

我们能够看见（臂挽着臂）
正如我们看到他们
围成圆圈跑动
目不转睛，几乎
专心地（忽视了
脚下的草地，忽视了
围住草坪的树木，忽视了湖水）
而那整个
为他们
迂回跑动的地点
也在（或快
　　或慢地）
旋转着，旋转着

二

和你一起
在这儿，这个房间里

如同摸索着穿过一面镜子
它的玻璃已熔化
变成黏稠的
胶状

你拒绝成为
（我）
精确的反射，更不会
从玻璃中走出，

分开。

总之，确实
他们在这里
摆放了许多镜子
（残缺的，歪悬着的）
在这个房间，高高的气窗
和空空的衣橱上；就连
门背后
也有一面。

隔壁房间里有人
争论不休，抽屉拉开又合上
（墙壁薄薄的）

你不理睬我，倾听着
他们，或许是
窥视
你本人在某处的投射
在我脑袋后面，
越过我的肩

你挪动，于是床
在我们身下下陷，失去焦点

隔壁房间里有人

总是有

（你表情

漠然，倾听着）

某人在隔壁房间。

三

然而，

在他们所有的游戏中

似乎存在

某种原因

尽管

最初他们

看起来难以理解

当我们晚上

给他们朗读

骇人战役的传奇，森林里

秘密的背叛

与野蛮的死亡，

他们几乎没有听；

一个打着哈欠坐立不安；另一个

咬着一柄锤子的

木把手；

最年轻的一个检测

他脚趾上一条细小的划口，

我们困惑
他们怎能活着
却完全无所畏惧
以至毫无兴趣
当最后的剑
划穿垂死的英雄。

下一个夜晚
沿着沙滩漫步

我们发现了他们
建造的战壕：
用以设防的尖木棍
被吹积到两边的
他们的沙土壕沟
以及一座被湖水围绕的
没有桥梁的岛屿：

最后一种尝试
（尽管
一小时内
已被海水冲蚀）
或许是
让它成为，一座人类避难所
保护他们远离

漫步在这些夜晚海滩上的
（心硬如剑的）

无论什么之手。

四

回到房间：
我注意到
你所有关于身体
的俏皮话，花招
及有关触摸的连珠妙语
现在正怎样地
试图与我保持
一定的距离
并（最终）避免
承认我在这里

我注视你
望着我的脸
冷淡地
但以同样紧张的好奇
就像你看待
突然被发现的
你自己身体的一个部位：
也许是个肉赘，
而我记得
你说过
孩童时你是个
地图映描员
（不是制图而只是）移动

一支铅笔或一根食指

在河流的河道之上，
不同色彩
标出山脉的上升；
一种命名的
记忆（将这些
地方固定在
它们适当的位置）

因而现在你描画我
像一条国界
或一线陌生的新皱纹
在你自己熟稔的皮肤上
我却被固定住，被粘好
在这个房间展开的
地图上，在你精神的大陆
　　　　　（又在又不在，像
　　　　　衣橱与镜子
　　　　　穿过墙壁的声音
　　　　　你待在床上被忽略的身体），

被你眼睛的
淡蓝色图钉
钉住

五

孩子们喜欢这灰色的

大石块，曾经是个堡垒
现在成了一座博物馆：
他们尤其
喜欢来自
其他时代与
国家的枪和甲胄

当他们回家
一段日子，他们的图画
将充满刀剑
古代的旭日形丁头槌
折断的矛
以及鲜艳的红色爆炸。

当他们钻研
这些大炮时
（他们不是我们的孩子）

我们出外走走
沿着土炮台，注意到
这些大炮在脚步
和花根的持续
袭击下如何逐渐粉碎；

武器
曾经在外
于战争中磨利自身
现在被收进门内

在那儿，堡垒中，
脆弱地
待在玻璃柜里；

为什么
（我琢磨着
围绕砖石拱门的
这片精心铸造）
在这个时代，这类
精巧的防御工事却留有
不再
（十分）
值得保卫的事物？

六

你玩着安全游戏
孤儿的游戏

穷困冬天的游戏
比方说，我正独自一人

（饥饿：我知道你要我
也玩这游戏）

流浪儿的游戏，他踯躅
在每一扇落地窗旁，

打颤，被挤压的鼻子
抵住玻璃，雪
堆在他的脖子上，
望着那些幸福家庭

（羡慕的游戏）

但他蔑视他们：他们是那种
维多利亚女王时代的圣诞卡：
从他们快乐的壁炉
和缎子丝带般的
郊区笑声的颜料下
廉价的纸张显露出来
但他们有他们自己的
客厅游戏的
模式：父亲和母亲
扮演着父亲和母亲

他乐意
被他自己
冷落在
寒冷里

（拥抱他自己）
当我告诉你这些，
你说（带着微笑
虚假得像一根银箔冰柱）：

你也这样做。

某种意义上
这是个谎言，但我也觉得
那是对的，一如既往：

尽管我倾向于摆姿势
在别的季节
别的窗外。

七

又是夏天：
在这个房间的镜子里
孩子们旋转着，唱着
同一首歌；

这张临时的床
邋遢如干草皮，
床罩皱巴巴地
布满了小洞，却是
他们丰茂的草坪

而这些磨损的墙
相当于环绕他们的树，
低矮阻塞的水槽
他们的湖

（一只黄蜂进来，
受那丢弃在湖滨的
夹心面包片的招引
　　［你是多么细心地
　　　制造了这个细节］；
虽然孩子们中的一个畏缩着
但又不愿放手）

你让他们
转了又转，根据
你游戏的封闭规则，
但是没有快乐在其中

当我们躺着
挽着胳膊，既不是
结合也不是分离
　　（你的观察将我改变
　　　成了一只骨头笼子里
　　　没骨气的女人，被翻了个底朝天的
　　　废弃堡垒），
我们的嘴唇移动着
几乎与他们的歌唱合拍，

倾听着隔壁
房间里抽屉的
开开合合

（当然总是会有

危险，但你将
把它设置在哪里呢）

（孩子们旋转着
一座圆形的玻璃笼子
在温暖的空气中
用他们细丝般的
昆虫嗓音）

当我们躺在
这里，陷入
乏味无聊的游荡
从一间房到另一间房，变换着
我们防御的位置，

我要打碎
这些骨头，你囚牢的节奏
　　（冬天，
　　　夏日）
所有的玻璃柜，
擦掉所有地图，
敲碎你旋转的
歌唱的孩子们的
防护蛋壳：

我要这圆圈
被打破。

内
地
之
旅

存在着相似性
我注意到：目力使得
这些小山包焊接到一块儿
平如一面墙，当我移动
便打开来让我通过；变得
漫无边际，如大草原；那些树
长得细瘦，通常把它们的根
扎在沼泽里；这是个贫瘠的国度；
除非由人力决定，一面峭壁
不是因为崎岖而闻名，因而也就
不常见。旅途
多半是不舒坦的
从一地到另一地，一条加点的线
标在地图上，位置
被划成小块，在一片方形地表
若非移动的我被纠结一团的树枝
包围，一张空气的网，明暗
交替，每时每刻；
除此之外，再无
目的地。

当然，有差别：
缺乏可靠的图表；
更重要的，还会为小小的细节分神：
你的鞋掉在椅子下的黑莓中间
它本不该在那里；透亮的
白蘑菇和一把水果刀
搁在厨房的桌上；一个句子

穿过我的小径，湿漉漉如一根原木
我确信昨天我就走过了
　　　　　　　　　（难道我
又一次在圆圈中漫步吗？）

但危险多半如此：
许多人来到这里，可仅有
一些平安返回。

罗盘是无用的；我也
试图根据太阳的运行
判断方位，
不过它们并不稳定；
而在这儿词语毫无意义
仿佛在空旷的荒野
呼喊一般。
　　　　不管我做什么我都必须
保持镇定。我知道
和在其他风景中相比，在这里
我永远都容易迷路。

一些木头和石头的物体

一、图腾

我们去了那所公园
他们在那里存放了木头人：
静默，多样
被连根拔起并移植
到此。

他们的脸被复原，
新漆过。
在他们跟前
另一些木头人
为各自的照相机摆姿势
而附近的一家新货摊
出售复制品与纪念品。

这些木头人中的一个真实地道。
它仰躺着，破碎了
因一次栽倒或仅仅
因承受了几个小冬天而破碎。
只有一颗头颅幸存
完好无损，不过它
也开始腐烂
然而，在这块旧木头
返回泥土，走向
湮灭的进程中
存在着一种生命

是那些被清晰砍削的
直立形象所缺少的。

对于我们，终年不断的观者，
另一类的旅客
没有什么令我们崇拜；
没有我们自己的照片，没有夏日
蓝空下的偶像，也没有明信片
供我们购买，或
微笑着
充当。

只有为数极少的图腾残存
为我们而活着。
虽是路过，
但通过玻璃，我们注意到

烧焦的牧场上那些死树
沼泽地里漂得发白的枯根。

二、卵石

交谈困难。我们
代之以搜集彩色的卵石
从它们生成的地方
海滩边。

它们由大海磨光，大海造就。

它们用形状封存了它们
打算传达的意思
任意而又必然
如同词语的形状

而最终
当我们说话
我们声音的响动落入
空气中　孤单
结实而又圆满，真真切切
在那里
继而变钝，然后就像声响一样
消逝，一大把
采集的卵石已没必要
带回家，落在一满滩
其他的彩色卵石间

而当我们转身走向
一群逃散的小鸟
它们因为
我们突然的行动
而惊散：坚硬的

海卵石
被抛向空中
瞬间凝固

仿佛词语飞舞

三、石雕动物

这只小小的石雕
动物被传递着
在围成一圈的
人们的手中
直到这块石头变暖了

抚摸，手并不了解
被制造的动物的
外形，或者
那被揭示的石头的
真正外形

而手，指头
掌中隐藏的那些
细小骨头，弯曲着握住这形体，
骨头因此被塑形，由于
石头的寒冷而渐渐变凉，也长成了
动物，交换着
直到皮肤产生困惑
是否石头也有人性

在随后的黑暗中
即使这只动物
已经不在，手仍然保留
那被握过的
内在形象

手，握着温暖
手，握着
半已成形的空气

与静物抗衡

橙子在桌子的中央：

隔着一段距离
围着它转悠
说它是一只橙子
这不够：
没有什么和我们
相关，没
别的：让它自个儿待着吧

我想把它捡起
放在手中
我要削去
它的皮；仅对我说
这是**橙子**并不够
我要更多：
我想要听到它不得不
说出的每一件事

而你，坐在桌子
对面，隔着一段距离，面含
微笑，就像阳光下的
橙子：沉默：

你的沉默
对我来说是不够的
此刻，不管你
双手合拢表示多么

满足自在；我想要
你能说出的一切
在阳光之下：

你各式各样的童年
故事，毫无目的的漫游，
你的所爱；你关节分明的
精瘦体格；你的故作姿态；你的谎言。

这些橙子般的沉默
（阳光与暗笑）
令我想要
猛地拧一下你使你说话；
现在我就要砸开你的脑壳
像砸开一枚核桃，劈开它如同劈开一只南瓜
为了让你交谈，或者向内部
瞥上一眼

然而，安安静静地：
要是我足够小心
拿起这只橙子并温柔地
握住它

我也许会发现
一枚蛋
一轮太阳
一只橙黄色的月亮
也许是一颗头颅；所有

能量的中心
都栖息在我的手掌

能够把它变成
我所期望的
任何事物

而你，男人，橙子般的午后
情人，无论在何处
你端坐于我的对面
（桌子，火车，公共汽车）

如果我足够
安静，足够长久地
注视你

最终，你将会说话
（或许不开口）

（在你的头颅
内部有着高山
花园和混乱，海洋
与飓风；房间的
固定角落，曾祖母的
肖像，一种色调
特别的窗帘；
你的沙漠；你的私人
恐龙；第一个

女人）

我需要知道一切：
告诉我
每件事
如实地
从头开始。

一
个
地
方
：
断
章

一

这里，在边缘，瑟缩着
在严冬嘶哑的鞭打下
我们住在
寒冰的房子里，
但并非因为我们想这样：
为了生存
我们用我们之所有建造我们所能
建造和必须建造的。

二

在我短暂逗留过的省份
我曾经不期然地
拜访过的老妪：
她有一所整洁的
房子，一间干净的客厅
尽管破旧又穷困：

一块带流苏的软垫子；
玻璃动物排列
穿过壁炉台（一只天鹅，一匹马，
一头公牛）；一面镜子；
寄自苏格兰的一只茶杯；
几把带纹章的匙子；
一盏灯；而桌子的
中央，一块镇纸：

中空的玻璃球
装着水，以及
一所房子，一个男人，一场暴风雪。

房间尽可能
不染一尘
也无马迹蛛丝。
        我
站在门口
站在这个支点上

这平凡却
严格的内在秩序
与随意散布或
被阻塞聚合的事物
保持了微妙的
平衡：路边的沟渠；风中
干枯的芦苇；平坦的
潮灌木，灰色的天
扫荡着外部世界。

三

城市仅是些边远村落。

看看那男人
走在水泥地上仿佛穿着雪鞋：
感到道路

如一片泥沼，丛丛松散的草根和褐色
蔬菜的腐烂
或像容易破碎与
溅湿的冰壳，或如
使他沉没的水面

这陆地流动如一条
迟缓的水流。

山脉朝着大海慢慢地旋转。

四

来这里的人
也在流动：他们的身体变成
星云状，扩散着，寂静地
展开，进入大气，穿过
这些星际人行道

五

这情形一定如同
在太空里
星星被平直地粘贴
在不断扩展的眼睛
那整块黑色
瞳仁上，飞溅——
燃成灰烬的斑点

六

没有中心；
中心
和我们一道旅行
像我们的影子
在没有太阳的白天那样不可见。
我们必须后退：
因为前景太多了。

现在，唯有乱糟糟的细枝
穿过我们的眼睛，破布般的
鸟儿在眼睛的边缘；四散的
枯树干；苔藓的
斑点
与爱中的、混乱
肢体和手指，毛孔的
纹理和皮肤上的细纹。

七

另一种感觉拽住我们：
我们已失去某种东西，
打开这些事物的某把钥匙
一定是些作品
被锁了起来，不让我们看到
或许（像一块潜在的
矿藏，岩石下

未知的矿脉）
某种没有丢失或隐藏
而只是尚未发现的事物

那弥散、结合
这混乱，这广博
与消逝：

既不在它之上或
之后，或其中，而只是
与它一道：一种

同一性：
某种过于巨大而简单
因而我们看不见的事物。

探险家

探险家们几分钟后
就会到来
发现这个岛。

（这是一座发育不良的岛，
岩石遍布，只有几棵树的
空间，薄薄的一层
土壤；几乎不比
一张床更大。
这是他们至今
都没有到这里的
原因）

他们的船已靠近，
他们的旗飘扬，
他们的桨推动着流水。

他们会欢呼
高喊，因为找到
某种他们从前
没有发现的东西，

尽管，这座岛能给予的
不超过一块立锥之地：
更没什么可勘探；

可他们会惊奇

（我们还看不见他们；
我们知道他们一定
会来，因为他们总是
晚几分钟到）

（他们将无法说明
我们已漂流失事
多久了，或者为什么失事，
或者，从这些
侵蚀的骨头中，
分辨哪一个是幸存者）

面对两具骸骨

殖民者

第一条船
触岸的一刻，
有一次极快的小冲突
短似一阵刺痛
接着这块土地就被殖民了

（当然，其实没有
岸：水流靠向土地
携着各种
事物：从波涛中
抓取和保存，由道路的网
和栅栏的格子
堆积形成
并不显得广阔无边）

至于我们，在他们到来
之前，在这么多
青绿色的世纪里，被鲨鱼
撕咬后堆积到一块儿：
他们在内陆发现了
我们，搁浅
在岩床的一条山脊上，
界定了我们自己的岛。

从我们没有关节的
骸骨（如此
混杂，像一具
尸体），

他们假设了狼的存在。

他们朝我们下面挖掘
挖到坚实的花岗岩
在那里，我们的骨头再次长出了肉，
长出了树木和
青草。

我们
依然是支撑
这些陆地苦涩的海水。

如今，马儿放牧
在这排肋骨的篱笆内，而

孩子们奔跑，带着绿色的
微笑，（不知道
这是哪儿）穿过
我们张开双手的田野。

选自
《彼国动物》
1968

彼国动物

在彼国，动物
有着人的面孔：

讲究礼节的猫
占据了大街

狐狸礼貌地
跑到人间，猎手们
站在他周围，这情景
被编织进他们的风俗挂毯

公牛，被鲜血
刺绣因而获得了
一种优雅的死，状如喇叭，他的名字
被戳盖在身上，像纹章烙印
因为——

（当他翻滚
在沙地上，剑插入心脏，他那蓝色
嘴巴里的牙齿也有人性）

——他真是条汉子

就连那些狼群，也进行着
回响的交谈，在他们
因传说而繁茂的森林间。

在此国，动物

有着动物的
面孔。

他们的眼睛
在车灯中一闪
而逝。

他们的死亡并不优雅。

他们有着
"无人"之脸。

女
房
东

这是女房东的巢穴。

她是
一个粗嘎的声音
在我下面的房间放任，

这不绝的母鸡下蛋般的
吵闹在下面继续
思绪在这座房子里，就好像
血液潺潺流经脑袋。

她无处不在，气味般到处侵袭
在我的门槛下鼓胀；
她统辖着我
粗陋的三餐，她生产
光线，为我疲劳的眼。
从她那里，我租到我的时间：
她砰砰响
关上我如同门一般的日子。
没什么是我的

而当我梦到勇敢的
逃跑者的形象穿过雪地
我发现自己总是
行走在一张辽阔的脸上
这张脸是女
房东的，于是我大叫着醒来。

她是个大块头，一团结
鼓胀在空间里。尽管我曾尝试
在她四周找到某条
道路，我的感官
总被认知搅扰
无法看透她。

她站在那里，一种喧嚣的真实
挡住我的去路：
不可改变，一块
名副其实的厚板，

密实如熏肉。

在
波
士
顿
旅
客
中
心

玻璃下面，有我的国家
一幅白色的浮雕地图
以红点标示着一座座城市，
缩小到一面墙那么大

它旁边，十张放大的快照
每一张代表一个省，
呈紫黑色和微红色，
树林的绿色变得阴暗；
然而全部的蓝色
都有一种斩钉截铁的纯净。

山脉条条，湖泊成群
（尽管魁北克只是一座餐馆，而安大略
也不过相当于议会大厦里的空屋一间），
但无人踏上这些小径，网鱼
溅着水走过

不过，笑嘻嘻的旅客安排得当——
瞧这里，萨斯喀彻温省
是一面平坦的湖，一些近便的岩石
那里，两个孩子和一位父亲摆着姿势
而母亲正在煮东西
穿一条洁白的宽松裤，傍着无烟的火，
她的牙齿白得如同清洁剂。

这是谁的梦？我倒想知道：
这是一种人造的

幻觉？一本讽刺小说？或仅仅
是一个用来出口的诱惑？

我似乎记起了人们，
至少在城市里的，也记起污水
机器和分类垃圾。或许
那纯属我的私人幻觉。

当我回去，它就会
蒸发掉。或者，市民们将会被赶走，
逃进这片罕见的——
绿色森林
在褐色的群山之中等待
成群结队的旅客
并计划他们绯红色的屠杀。

毫无疑虑的
窗口女士，我来问你：

你什么也没有看到吗
水下有人正望着你？

天空果真有那么蓝吗？

有谁真正在那里生活？

巨
鳌
挽
歌

让别人去为旅鸽
渡渡鸟、美洲鹤、爱斯基摩鹬祈祷吧：
如果每个人都必须列举

我将只限于一种沉思默想
关于那些巨鳌
在一座偏远的岛上最终消亡。

在地铁车站边凝思，
在公园里出神，我完全看不到它们，
它们已迁出我的视界

但在最后一天，它们会在那里；
结局已定
像波浪的穿梭形塑了视野：

在我站立的路上，它们将具象化，
蹒跚着走过我身边，一支散漫的队伍
因不在水中而显得笨拙

它们小小的脑袋
左思右想，它们无用的甲胄
比坦克和历史更悲哀，

在它们关闭的凝视中，海洋和阳光瘫痪了，
在拱廊下，朝着方形的
玻璃祭坛，挪动着爬上台阶

那里，供奉着脆弱的神灵，
那是被我们毁坏的遗迹，
我们神圣而废弃的象征。

公
寓
，

冬

猫爪印，狗爪印，古老的
孩子们的标识，
铺就了让我们一路

通向门厅的小径，堆满
套鞋，无主的信
一架木制的雪橇。

楼梯上
踏板破旧。足迹
是外人留下的

那期间他们穿过森林飘雪的
走廊来到这座遗迹，这扇
废弃的门

令我不安的，是浴室里
那根无人认领的牙刷。

房间之中，没有
一样家具是我的。

盘子在桌上
重重地压着。

有时我打电话给你
为了确信你仍然在那里。

明天，当你来用餐
他们会告诉你我从没有在这儿住过。

我的窗子，像只漏斗
为混乱固定了形式

后院，冷冻的骨头，孩子们的
声音，被遗弃的
物体。

在内部，墙
坍塌；压力

因这清晰细小的沉默
而平衡。

我们必须抵制。我们必须拒绝
消失。

我说，在流亡中
幸存
是第一需要。

之后（我试探性地
这么说道）
我们就可以开始

幸免于什么？你说。

在微弱的光线下，你扭头
看了看。
　　　　　　　　你说。

从来无人幸存。

读报也危险

每当我在沙箱中建造
整洁的城堡，
这些草率的深坑
就被压平的尸体填满了
而当我梳洗停当
步行去学校，我的双脚
踩在水泥的裂缝上
触爆了红色的炸弹

现在我是成年人
能读会写，坐在椅子上
我安静得如一根导火线

丛林在燃烧，矮树林里
布满了士兵，
那艰难地图上的
地名在浓烟中升腾。

我是起因，我是一堆化学
玩具储备，我的身体
是一件致命的小装置，
我以爱的名义伸出手，我的双手是枪，
我美好的意图完全能够致命。

连我那
顺从的眼睛也使我看到的一切
变了形，成了留有麻点的
关于战争的一张黑白照片，

我又怎能
阻止我自己呢

读报也危险。

每当我在我的电动
打字机上敲击一个键，
谈论着平静的树木

另一座村庄又爆炸了。

一个拓荒者逐渐严重的疯狂举动

一

他站着，如一颗点
在一张绿色的纸面上
宣称他自己即中心，

没有墙，也根本
没有边界；天空并未高高
在他之上，完全没有
被什么包围
而他大喊：

让我出去！

二

他挖土成行，
强迫自己舞动铁锹
他声称
要进到这些垄沟里去，我
可不是随便说说的。

土地
用格言回答：

抽条的树枝，无名的
草，他不理解的
词。

三

房子搭建起来
小块田地被圈了起来
在无名之地的中央。

夜里，心灵
之内部，就在无名
之地的中央。

一只动物的思想
吧嗒吧嗒地溜过房顶。

黑暗中，田地
用篱笆防护自身
徒然呀：
　　　一切
　　　正在侵入。

四

在白天，他抗拒了。
他说，他厌恶
沼泽的吵闹和岩石的
迸发。
　　　这不是秩序
　　　而是秩序的
　　　缺乏。

他错了，未曾回答的
森林暗示：

　　那是
　　一个规划好的缺乏

五

多年来
他垂钓一个伟大的愿景，
散布的根须之钓钩悬荡
在那浅土层的
表面。

就好像
用一根弯曲的别针
引诱鲸鱼。此外他还认为

在那个国家
只有虫子在咬人。

六

要是他知道未经组织的
空间是一场大洪水
给他原木做的屋船
安装桨橹，载上所有动物

甚至包括狼，

他就可以四处漂流了。

然而顽固的他
声称，这块土地是坚实的
并用力踩踏，

看啊他的脚下沉
往下穿过石头
向上没到膝盖。

七

事物
拒绝命名它们自己；拒绝
让他来命名它们。

狼群在外面
狩猎。

在他的海滩，他的空地，
丛生的波浪
破碎在他的脚边，他预知了
崩溃
      而最终
通过双眼
通过他的努力

主体与客体之间的紧张
被扯成碎片，

以及这绿色的
愿景，这未命名的
鲸鱼的侵袭。

为弗兰肯斯坦博士[1]而作的演说辞

一

我，表演者
在这紧张的竞技场，闪烁在
银辉四射的月色下。因被桌子
遮掩而扭曲。看看我的意图
所在吧：空

空气中充满了一种愉悦的乙醚。

我的手腕伸出一把解剖刀。

二

桌子是一块平坦的虚空，
荒芜如同绝对的自由。尽管瞧啊

急剧的一拧
如同拔起一只瓶塞子

那可是一具活生生的
骨骸，我的，圆滚滚的，
躺在我面前的盘子上

1　英国作家玛丽·雪莱（Mary Wollstonecraft Shelley，1797—1851）所著小说《弗兰肯斯坦》（*Frankenstein*）中的一个人物，系一生物学家，手创一怪物，但结果自己被怪物所毁。——译注

红红的仿佛一枚石榴，
每个子房都是一盏炽热的灯。

三

我绕过去，直面
我的对手。这东西
拒绝被塑造，它酵母般
移动着。我猛刺，

这东西就抵抗。
它分解，咆哮，长出生猛的爪子；

空气中满是带血的灰尘。

它跳动。我砍削
赋予其微妙的精确性。

那些排列在
格子架上的标本，鼓掌喝彩。

这东西砰的一声倒下。一只猫
遭到解剖。

噢，秘密
心的形式，现在我拥有了你。

四

现在我要修饰你。
你喜欢怎样？

脚踝来点儿巴洛克涡卷纹？
一枚银肚脐？

我是万能的编织者；
我有八根手指头。

我把你变复杂；
我用错综的绳子缠绕你。

我该用什么样的网裹住你？
渐渐将你束缚。

我将以怎样的均等
切开并缝合你的颅骨？

你的尺寸我该做多大？
你的眼睛我该放在哪？

五

我为技巧而疯狂：
我使你完美。

我本应选择被信赖的
起源，把你卷得小小的

如一粒种子。现在我退缩了
在这满满一盘的结果跟前：

果核与皮，中间的果肉
已开始腐烂。

我站在被毁坏的
神的存在面前：

一堆肌腱，指关节
以及原生肌肉的瓦砾。

意识到这件作品是我的
我还怎么能爱你呢？

这些潜在时刻的档案
渗出恐惧如一种气味。

六

你出现了，幼虫般
裹在我给予你的肉体中；

我，无遮无蔽
除了一件白布的皮

从你逃离。你是红色的，
你是人，却被扭曲。

你已奄奄一息，
无比饥饿。我没有什么可以喂你。

我挣脱着我，流动着，
如一件雨披。

我贪婪的动机到底是什么？
为什么我要创造你？

七

映象，你已偷去了
你需要的一切：

我的喜悦，我受苦的
能力。

你已经把你自己
改变成了我：我是
一个残余，我麻木。

现在你控告我谋杀。

难道你不明白
我根本不可能？

我的脑中之血，
正是你杀死了这些人。

八

由于我竟敢
企望渎神的奇迹

我必须跟随
那我曾经否认是我自己的
动物。

在这空旷的冬天
平原上，天空是一枚黑贝壳；
我在其中移动，一颗寒冷
痛苦的麦粒。

我在固态的雪上涂写下
巨大的求救
信号；徒劳。我心脏的
外壳是一只胃。我是它的食物。

九

闪光的怪物
在那里欢跳向前，
他的鬃毛带电：
这才是他的真位置。

他在冰上旋转跳舞，
他带爪的双脚
擦燃杂乱的火星。

他的快乐
此刻是追逐它自己：
他在光里追踪，
他的小径容纳了它。

我是个憔悴的猎人
为他的样板所必需，
潜伏着，咬啮皮革。

十

这个造物，他冰冷的颈毛
直立着，覆盖
黑色天花板，
他的爪子趴在地平线上，
滚动世界，如同玩耍一颗雪球。

他发着光，说道：

博士，我的阴影
在桌上颤抖，
你悬荡在你自身
渴望的皮带上；
你的需要长出了牙齿。

你把我切开

你还说这是
创造。我能感觉刀锋。
现在你想治愈
你身边的那条裂口，
但我在退却。我蹑足潜行。

当你招之，我不会即来。

背景布致牛仔

星星装饰的牛仔
踱步离开近乎愚蠢的
西部，在你脸上
一副瓷器的笑容，
拖着一只纸制仙人掌
一根细绳系着你身后的车轮，

你天真如一只浴缸
装满了子弹。

你正直的眼神，你简洁的
扣扳机的手指
街上的人里混杂着恶棍：
当你走动，你前面的空气
开出了靶子的花

而你在身后遗留了一个英雄的
凄凉踪迹：
啤酒瓶子
粉碎在道旁
鸟儿的头骨
在落日中漂白。

我应该是从一截悬崖
或从一家纸板店面的背后观看你
当枪击开始，双手握紧
满心钦佩，

然而我在别处。

然后关于我的一切

关于这个我
这个在你总是试图穿越的
那个边界对抗你的我是怎样的呢？
我是你骑马奔向的
地平线，是你永远不能套住的事物

我也是包围着你的事物：
我的大脑
随着你的罐头，骨头，空弹壳，
你一次次侵占时带入的垃圾而离散。

我是你通过时
被你亵渎的空间。

他们给大脑拍照
这就是那照片，它布满
枝干，如我时常猜想的，

每一次你抵达，那观看
你的电流就是一棵巨大的
缓缓穿过我颅骨的树，树根摇摆。

这是一片土地，它的纤维裹住
被埋入的事物，你忽略掉的词语
被埋进我的脑壳，一种错综的

红色蓝色与粉色的缠绕的化学反应
像一种叶片的脉络
纹理交错，或是一幅海景图
有着珊瑚和闪亮的触须。

我触摸你，我在你之中被创造
在那如同一根复杂的
光芒的游丝的地方
你信赖我，我的双肩托着

你沉重得令人难以置信的
脑壳，拥挤着许多发光的
太阳，一颗新的行星，人们
沉浸在你之中，一个失落的文明
我永远不能把你开掘：

我
当
时
在
读
一
篇
科
学
文
章

我双手追踪这一总体宇宙的
轮廓，它不同的
色彩，花朵，它未被发现的
动物，暴虐或宁静

它别样的空气
它的爪子

它的天堂河

越
来
越

越来越频繁地，我的边缘
溶解了，我成了一个愿望
想要吸收世界，包括
你，如果可能，通过皮肤
像一株有氧的、冷色系植物的把戏
并以一种无害的绿色燃烧为生。

我不会消耗
你，以至
用光，你会一直在那里
围绕着我，完完全全
仿佛空气。

不幸的是，我没有叶子。
然而我有眼睛
和牙齿以及其他非绿色的
物质，它们有抗渗透性。
所以，请当心！我的意思是，
给你一个公平的警告：

这样一种饥饿
会把一切吸进它自身的
空间；我们也完全不能
谈及它，更别指望有平静
合理的讨论。

没有任何理由，只有
一条饿得要死的狗关于骨头的逻辑。

一个声音

从另一国度传来的一个声音
伫立在这块草地上。他成了
草地的一部分。

　　　　阳光绿闪闪地
　　　　照耀他手中的叶片

接着我们
出现了，从小山上
下来，你
穿着蓝毛衣。

他能理解
我们并未占据
这个地方，如他那样。我们
只是在它的里面。

　　　　我的衬衫是黄色的
　　　　小小的
　　　　在他的两眼之间

我们沿着草地
　　　　移动，穿过
他头脑里的
空气。我们看不到他。

　　　　他能够闻到
　　　　我们脚上的皮革味

我们行走
小小的
穿过
他视觉的田野（他
望着我们）而后消失。

　　　　他的大脑覆盖了
　　　　我们所到之处。

他坐着。他对自己
感到好奇。他困惑于
他到底是如何看待我们的。

库克船长¹转世

早在我开蒙之前
地图就已被涂上了颜色。
当我请命出发时，君王们告诉我
已经没有地方可探险的了。

我终究启程了，但是
我去的每一处
都有历史学家，戴着
花环、假牙
与绶带；要不就是在沙漠上，有石冢
和游客。就连洞穴里
也有残烛，以及黑暗中快速
潦草地写下的题字。我从未能
成功过。总是有
各种名字早就到过那里。

如今，我老了。我明白我的
错误在于我信地图
为真。是眼睛拔高了
令人厌倦的纪念碑。

把地图集
统统烧尽吧，我朝着
公园里的长椅呼喊；然后

1　詹姆斯·库克 (James Cook, 1728—1779)，英国航海家和探险家，人称"库克船长"，曾三次率领地理发现大航行，并为太平洋中许多岛屿绘图并命名，他还曾沿北美洲海岸向北航行直至白令海峡。——译注

挥舞一面空白的旗帜
经过纪念塔，
穿过大街，越过
街角

进入地理纯净的一片新大陆，
而它的海滩上箭头闪亮。

公
理

公理：你是一片海。
你的眼睑
弯曲在混沌之上

我的双手
在触及你的地方，创造
人类居住的小岛

不久你将全部
成为土地：一块已知的
陆地，一个国度。

苏珊娜·穆迪日志 [1]
1970

1　苏珊娜·穆迪（Susanna Moodie, 1803—1885），加拿大早期著名移民女作家，代表作有小说《丛林中的艰苦岁月》（*Roughing it in the Bush*, 1852）、《拓荒生活》（*Life in the Clearings Versus the Bush*, 1853）。前一种有中译本，1997 年由敦煌文艺出版社出版。——译注

日志 I 一八三三—一八四〇

在魁北克登陆

是我的装束，我的步态，
我拿在手里的物品
——一本书，一只装着针织物的袋子——
我围巾不协调的粉红

这片听不见的空间

还是我自身的缺乏
信念，制造了
这些荒凉的景色？
小山狭长、沼泽、贫瘠的沙滩、炫目的
阳光，投在枯骨般的白色
浮木上，冬的征兆，
白天的月球外星人
一张薄薄的拒绝

其他人跳跃着，大喊

　　　　自由！

流动的水不会映现
我的倒影。

礁石不理睬我。

我成了外语中的
一个词。

更多的来者

渡过了长久的疾病
那片大海之后，我们向上游航行

到达第一座岛
移民们甩掉衣服
白蛉一样起舞

我们抛开一座座
被霍乱败坏的城市，
抛开一个个文明的
特性

进入一片巨大的黑暗。

我们进入的
是我们自身的无知。

我还没有出现

夜里，我的大脑
摸索紧张的触须，散发
仿佛熊那样多毛的恐惧，
需要火炬；或等待

我虚幻的丈夫，在树木的
低语里听出恶意。

我需要狼眼去看清

真相。

我拒绝往镜子里看。

荒野是真
是假
皆由谁在那里生活而定。

第
一
批
邻
居

住在我周围的那些人，无情地
当着我的面，怨怼
我呼吸他们的财产——
空气——的方式，
对着我与他们形状不同的耳朵，说了一通
缠绕的方言

尽管我试图适应

（这个穿一条红色碎布
衬裙的女孩，嘲笑我烤焦了面包

回到你所来的地方去吧

我绷紧双唇；知道英格兰
如今已不可企及，它已沉入大海
还没有教过我使用洗衣盆）

习惯于成为
一个二等残废，期望做些
无能的评论，
琐碎而笨拙的手势

（问过那位红印第安人
这一根木棍上蹲着的东西
被火烤干了：是个癞蛤蟆吗？
真气恼，他说不不，
鹿的肝脏，非常不错）

最终，我长出了一种带裂痕的防水油布
皮肤；我克服了带有陌生
含义的毛毛雨，只把它
看成纬度的缘故：
某种需要忍受
而非惊讶的事物。

不准确。森林仍然会欺骗我：
一天下午当我在画
鸟儿，一张恶毒的脸
拍闪着越过我双肩；
树枝震颤。

　　决意：小心试探又不受惊吓
　　（尽管笨拙而且
　　惊惧也不可避免）

　　在这个区域，我受损的
　　语言知觉意味着
　　预言是永远不可能的。

种植者

他们在森林参差的边缘
和弯曲的河流之间移动向前
在被清理过的土地，一块多树桩的补丁上

我的丈夫，一个邻居，另一个男人
为几行成串的
豆子和积满灰尘的土豆除草。

他们弯腰，直起身；太阳
照亮了他们的面庞和双手，蜡烛
摇曳风中，辉映那

晦暗的土地。我看到他们；我知道
他们中没有一个相信他们在这里。
他们否认他们所立足的土地，

声称这泥土是未来。
而他们是对的。如果他们丢开
对他们来说那如一只铁铲般坚硬的幻想，

睁开他们的眼睛哪怕一刻
看看那些树，这枚奇特的太阳
他们就会被树枝、树根、藤蔓、光的

黑暗面
所围困，突袭，闯入
就像我的处境一样。

兽形
人

我丈夫走在霜冻的旷野上
一个 X，一个由空白
定义的概念；
他突然转向，进入森林
并被遮没。

不在我的视野中
他会变成什么
另外的形态
与林下植物
混合，摇晃着穿过水塘
伪装避免沼泽地
动物的注意

正午时分他将
回来；或，那只是
我对他的想法
我将发现他的返回
他就藏在它后边。

他也可能改变我
使我有着狐狸的眼睛，猫头鹰
眼，八层的
蜘蛛眼

我不能预料
他将看到什么
当他打开这扇门

道路与物景

那些在森林里走在我们
前面的人
弄弯了早先的树
要它们长成标记：

小路不在
树中间，而就是
这些树

而有些人梦见
鸟儿以字母的形状
飞翔；天空的
密码；
　　　梦也有
数字的意义（计数
某些花的花瓣）

　早晨，我经过
门口：太阳
照在树皮和
交缠的树枝上，这里
树叶上有一种蓝色的运动，消散了
标明/没有小路；岩石
和灰色的丛丛苔藓

　杂草的花瓣
落在它们落下的地方
我被监视如同一个入侵者

觉察到敌意却
不知在何处

白天畏缩我

何时将达成
那种融洽状态，每件
事物（表面
的小部分被我的步伐
打破）都将不动地绕着我
运转
进入它的位置。

两种火焰

一种，夏天之火
在外面：树木熔化，回到
它们最初的红色元素
朝各个方向，阻断我
逃避，或者去那搭救之
湖

我坐在屋里，在那无形的狂怒
与我熟睡的孩子们之间唤起
一种魔法：专注于
形式，几何学，人类
房屋的建筑学，广场
关闭的门，被证实的屋顶横梁，
窗户的逻辑学

（孩子们不能被吵醒：
在他们安静的睡梦中
树木笔直而寂静
有着树枝和绿荫）

另一种，冬天的
火在屋里：屏蔽的屋顶
皱缩在头顶上方，椽子
炽热发亮，所有那些角落
和直线都是火红的，那小心地——
建造的结构
把我们关在一个炎热的栅栏
笼子里

孩子们
醒来，啼哭；

我把他们裹好，带他们
出门到了雪地里。
然后我试着营救
他们关于房子被烧焦的
梦的残留：毯子
暖和的衣服，安全的
烤焦的家具和他们一起被抛在
一片白茫茫的混乱里。

两种火焰让我
明白了，

（每个庇护所都令
我们失望；每个危险
都成了一个避难所）

那些烧焦的痕迹
留在了如今我们试图
种植的事物周围

观看一面镜子

我好像沉睡
七年之后醒来

找到僵硬的蕾丝，虔诚的
黑色被泥土
和强大的水流腐蚀了

我的皮肤反而增厚了
带着树皮与树根的白须

我随身带来我祖传的
脸孔，一簇被压碎的蛋壳
在其他残骸当中：
瓷盘子粉碎在
林间路上，那条印度披巾
也破烂了，片片书信

而这里的太阳已经把我
染成它粗野的颜色

双手变得僵硬，手指
脆弱如嫩枝
双眼昏花，七年
之后，几乎
盲目/叶芽，只能看见
大风

嘴巴裂开

像一块火焰里的岩石
试图说

这是什么

（你仅仅找到
你已有的外形
但要是
你已忘记
或发现你从来
就不认识你可怎么办）

离开矮树丛

我，已被火焰
杀死的人，悄悄
沿着绿色向上蔓延
　　　　　　（多么
明澈的一个季节）

　　　　　有一天动物们
来到，栖居在我身上，

开始时一个
　接一个，暗暗地
（它们日常的痕迹
被烧毁了）；然后
标示出新的边界
返回，更加
自信，一年接
一年，一对
接一对

可是不再安宁：我完全
没有准备好它们搬来居住

它们该知道我已经
太重了：我会
倾覆的；

我被它们炽热的
从我里面长出的眼睛（绿色或

琥珀色的）吓住了

我尚不完善；在夜里
没有灯笼我便不能看。

他写道，我们离开吧。我说
我没有可以穿的
衣服

雪天来了。雪橇是一种安慰；
它在身后留下长长的痕迹，
把我带向这座城市

而当绕着第一个小山行进时，我
（瞬息间）
没有被占据：它们已经走了。

它们几乎教会我某种事情
我离开时还没有学会。

一个年轻的儿子溺死

日志 II 一八四〇——一八七一

他，曾成功地航行
在他自己出生的危险之河里
再次动身

在一次发现的航程里
进入我漂流其上却
不能接触而索取的土地。

他的双脚在堤岸上滑动，
水流推动着他；
在漫涨的水中，他与冰块和树木打着旋

并被投到远远的水层里，
他的脑袋，一枚探海球；
通过双眼薄薄的玻璃泡泡

他向外看，不计后果的冒险者
在一片比天王星更陌生的风景里
我们都已去过那里，而且有些人还记得。

一场意外发生了；空气被锁住，
他被悬挂在河里像一颗心脏。
他们找回这具被淹没的躯体，

从那些推推搡搡的原木当中，
用竿子和吊钩，
打捞出我计划的界标和未来的海图。

正是春天，太阳朗照，新生的草
突然变得可靠；
我的双手闪着细节的光芒。

长久的旅途过后，我厌倦了波浪。
我的脚撞到了岩石。梦想的船帆
崩塌了，碎裂了。

我把他种在这个国家
像一面旗帜。

移民

他们获准继承
包括这条带棕榈、砖块的人行便道
荒废而松软的，气味浓重的
草坪，果园，螺旋着展开
构成这片土地的轮廓线，还有这骤变的天气

只是他们被告知说他们太穷了
无法继续拥有它，或者某人
已然注意到，并想杀害他们，或者这些镇子
通过法律宣称他们已被淘汰。

我看到他们走上来
从散发着呕吐气味的货舱
成群出现，憔悴不堪，皮肤因旅行
而灰白；当他们步入海滨

旧有的国家后退了，变成
完美的，拇指甲城堡，被保存起来
如同瓶子中的胆结石，城镇
缩小，成了在山腰上
一块轻盈的镇纸状的空地。

他们带着旅行袋和装有
衣服、碟子、家庭照片的箱子；
他们认为他们将建立一种秩序
像那个旧秩序一样，播种微型果园，
在木头上雕刻孩子和羊群

但他们一直太穷了，天空
平坦，绿色的果实
在燎原的阳光下枯萎，木头用以燃烧；
而要是他们返回，城镇

就会坍塌，他们的舌头
在笨拙的牙齿间结结巴巴，他们的耳朵
充满了玻璃碎裂的声音。
我希望我能够忘记他们
继而忘记我自己：

我的头脑是一张宽阔的粉红地图
年复一年穿越它
箭头和星罗棋布的线，越来越远，
铁路车厢中的人们

他们的头从车窗里探出
在车站，喝牛奶或歌唱，
他们的容貌藏在胡须和披肩后面
日夜不息，穿越一片未知的海洋
登上一片未知的陆地。

梦
一
：
灌
木
园

我再一次站立在那个园子里
这被卖掉的、荒废的
等待播种的园子

在这个梦里，我能
向下看进土地里，能看到
马铃薯蜷缩着
在泥土里像苍白的蛆虫
萝卜朝地下硬塞进
它们丰满的猪嘴，甜菜
搏动着像迟缓的两栖动物的心脏

围绕着我的双脚
草莓汹涌着，硕大
而闪亮

当我弯腰
采摘，我的双手
便又红又湿

在梦里，我说
我应该知道
种在这里的事物
都会流血

回顾一八三七年的战争

到了那儿
之后，我碰到的事情
之一，是：

那段历史（那热气球般膨胀
的清单，各种希望，侥幸，
被篡改的时机，蛮干和错误
被紧抓着如降落伞）

正把它自己卷进你脑海
的一端，而又在另一端打开

这场战争不久将来到
那些卑微的祖先人物中间
他们闪动黯淡的白光通过你后脑勺，
困惑、焦虑，不再确信
他们在那里干什么

时不时地出现
面目呆傻，一簇簇香蕉般的
双手，举着旗帜
举着枪，穿越树林前进
棕色的路线绿色的涂鸦

或者蹲伏在一片粗糙的灰色
蜡笔画的要塞内，
互相射击，浓烟和红火焰
通过一个孩子的手指变得真切。

梦二：偷猎者布赖恩

我在森林中看到的这个男人
以前常在每个早晨来到
我们家，一言不发：
后来我从邻居口中得知
他曾试图割断自己的喉咙。

我在路的尽头发现了他
坐在一棵躺倒的树上
擦着他的枪。

没有一丝风；
围绕我们的树叶沙沙作响。

他对我说：
我杀生因为我不得不这么做

但每次我瞄准，我都感到
我的皮肤长出皮毛
脑袋沉沉的好似长了鹿角
而在这延伸的片刻间
子弹滑翔在它的速度线上
我的心灵如同马蹄般天真地跑动

上帝对他的造物是公正的吗？

我时常死去，而非死了多次。

他抬头仰望，我看到了

猎刀留下的那块白色疤痕
绕着他的脖子。

当我醒来
我记起：他已离去
二十年，再无音讯。

胡
闹

"他们头上插着翎毛，戴了
面具，向后反穿了衣服，举着
火把嚎叫着穿过冬日的午夜

把那个黑人从他的房子里拖出来
伴着破损的乐器
震响的音乐，相互之间伪称

这是个玩笑，直到
他们杀死他。我不知道
那位白人新娘发生了什么事。"

一位美国女士，补充说
她认为那是一桩可耻交易的
片段，然后喝完了她的茶。

（附注：永远别伪称这不是
这片土壤的一部分，饮茶者，以及不经意的
受害人和谋杀者，当我们这样到来

又以别的形式到达，注意
看看后面，在那张
戴翎毛面具的脸孔之下的

骨架脸，这手臂
里的手臂举起长矛：
抵抗那些破碎的

鼓声。停止这样。变回人类。）

梦三：惊吓牛群的夜熊

拥挤的犄角朝向我们
一阵吼叫着的惊逃，一个
夜晚，我脑海中的浮现
只当它是传闻

我们大笑，因与厨房门
边的提灯在一起而感到安全

尽管在故事之下

那里被遗忘的鸟儿
震颤着飞越记忆，水面泛起波纹
而一枚月亮在湖中盘旋
橙黄而古旧

我身体斜倚双脚逐渐无形
因为我不在那里

看着这头我没有见过的熊
在树木间自己缩小，微弱的
轮廓仿佛回声

但是它是真的，比真实
更重些　　我知道
即使在这里，日光下
在这可见的厨房里

它吸收了所有的恐惧

它朝着有光亮的小屋移动
在我们下方的斜坡
那里我们一家人聚集

一种喑哑的振动穿过
我的两耳之间

其他孩子的死

身体死去

渐渐地

身体埋葬了它自己

带它自己
到这松开的心灵，加入这黑
莓和蓟草中，奔跑在一阵
多刺的风里
在我们老房子
浅浅的地基之上，
如今沙土中还有些模糊的坑

难道我用了所有那些岁月
建造起的这座大厦
我的复合
　　　　自我，只是这座摇摇欲坠的小屋吗？

我的手臂，眼睛，我忧伤的
词语，我那已然溃散的孩子们

我走到的任何地方，沿着
长长的小路，我的裙子
都被这些蔓延的荆棘拉拽

他们用他们的手指捉住我的脚后跟

双重声音

两个声音
轮流使用我的眼睛：

一个有礼貌，
以水彩作画，
谈到群山或尼亚加拉瀑布时
语调安静，
撰写激情文章
并对穷困者耗费多愁善感。

另一个声音
有着另外的知识：
男人总是
出汗且常常饮酒，
猪就是猪
但总归必定
会被吃掉，未出生的婴儿
溃烂如躯体上的创伤，
而有关蚊子
却一无所成；

一个通过我
模糊而逐渐
泛白的眼睛看到，红色树叶，
季节与河流的仪式

另一个发现一条死狗
蛆虫欢腾
半埋在甜豌豆中。

后来在贝勒维尔[1]：职业

日志三　一八七一——一九六九

曾经，伴着一盏苦涩的
油灯，穿着带花边的破旧
衣衫，我写下
有关爱和雪橇铃的诗篇

我用它们来换取马铃薯；

夏日里，我在一种白蘑菇上
画蝴蝶
游客会买下它们，用玻璃
罩住，摆进英国人的起居室

而我的孩子们（不可思议）
穿上了鞋子。

现在，每天
坐在一只饱满的沙发里
在我自己带流苏的起居室，我有
无裂痕的盘子（我不时从中
取食）
还有一套陶瓷茶具。

但对艺术没什么用。

1　贝勒维尔，加拿大安大略省东南部一城市，位于多伦多东北偏东的安大略湖附近。建于1790年，是加工业和制造业中心。——译注

暮年的银版照[1]

我知道我会变
已经改变了

但这张无生气的脸是谁的
凹陷又开阔，圆圆的
悬浮在空纸上
似乎是一架望远镜中

颗粒状的月亮

我从椅子上起身
抗拒着重力的拖曳
我转过脸
走出去进入花园

我在蔬菜之间转悠，
脑袋沉沉
从坑坑凹凹的深谷的
阴影中，阳光反射
切进我的双颊，我的眼
窝就像两个弹坑似的

沿路
我绕着
苹果树的轨道行走

1　Daguerreotype，达盖尔银版法，一种早期的照像术，把像照在易感光的镀银金属版上，亦指以达盖尔银版法拍摄的照片。——译注

纺纱白又白
绕我似群星

我正在被
光芒吃掉

愿望：变形为徽章

我小心翼翼保持平衡
在我萎缩的身体
它仍然带有欺骗性
仿佛一只猫的皮毛：

当我浸泡在土地里
我将变得更小。

在我的皮肤上，皱纹树枝般
伸出，交叠如头发或羽毛。

在这间起居室里，我的孙子们
在星期日的椅子里心神不安
伴着我的耳聋，我的贝雕胸针
我起褶的头脑
在其旧地洞里急忙乱窜

很少猜想会如何
　　　　　也许

我将逡巡并潜逃
在水晶般的黑暗里
在石钟乳的根中间，带着新的
成形的羽翼
　　　　不受腐蚀
　　　　　　金光闪烁

绿焰幽幽，我的手指

弯曲，带着鳞片，我的

猫眼石
　　　不
　是眼睛，炯炯有神

参观多伦多，与同伴们一道

街道是新的，海港
也是新的；
而疯人院是黄色的。

在一楼，有一些
女人坐着，做针线活儿；
她们悲伤地坐着，温和地，
回答问题。

在二楼，有一些
女人蹲着，扭动四肢，
扯下衣衫，尖叫着；
对我们，她们毫不在意。

在三楼上
我穿过了一扇玻璃板
门，进入一个不同类型的房间。
那是一座小山，有巨石、树，但没有房子。
我坐下并将我的手套弄平整。

这处风景似乎在言说什么
可是我听不见。岩石中的一块
叹着气，翻身。

在我上方，眼睛的水平高度
三张脸出现在一个长方形的空间。

他们想叫我出去

去那有街道和
多伦多港的地方

我摇摇头。没有云彩，花朵
深红并带有羽毛，从干燥的
石头中间射出，
                          空气
正要告诉我
各种各样的答案

垂死时的唯我论

骨骼产生了肉　　敌人
　　　　　　　　反对着，然后
　　　　　　　　理所当然，土地收获，被消耗
　　　　　　　　殆尽，被蔑视

耳朵制造声响　　我听到的是我
　　　　　　　　创造。（声音
　　　　　　　　决定着，重复着
　　　　　　　　历史，旧的习俗

嘴巴生产词语　　我说我创造
　　　　　　　　了我自己，而这些
　　　　　　　　框架、逗号、日历
　　　　　　　　把我围住

双手制造物体　　世界触摸
　　　　　　　　进入存在：是这
　　　　　　　　杯子，这儿的这座村庄
　　　　　　　　在我手指前面

眼睛产生光　　　天空
　　　　　　　　立马接纳我：就让
　　　　　　　　太阳
　　　　　　　　落山吧

大约我想过，躺在床上
懊恼不已

还得加上：他们现在会做什么
既然我，一切
依赖我的都消失了？

贝勒维尔将会在哪里？

　　　金斯敦吗？

　　（我掌握
　　这两个地方之间的田地。这片湖
　　船只

　　　多伦 多[1]

1　原文作 toroNTO。

来
自
地
下
的
思
考

当我第一次来到这个国家
我恨它
而且一年比一年更加恨它：

夏天，日光是一块
狂暴的污迹，热力
浓厚似一片沼泽，
绿色的事物猛力地
推挤着它们自己上升，眼睑
被小虫子咬啮

冬日，我们的牙齿因寒冷
而变脆。我们食松鼠。
夜里，房子裂开。
晨光中，我们在炉子里
为坏面包解冻。

然后，我们迈向成功
而且我感到我应该热爱
这个国家。
　　　我说我爱它
而我的心灵却看出了两面性。

我开始把自己遗忘
在这些句子
中间。事件
被割裂

我对抗。我构思
绝望的赞歌，每个人
都应该热爱这个国家因为

而且每隔一段时间要把它们组建好

  归功于自然资源、国家工业、上等
  监狱
  我们都将富有而强大
 平坦如高速公路上的广告牌

    谁能怀疑呢，看看贝勒维尔的
    成长是多么飞速

（虽然仍旧没有一个地方能容下一位英格兰绅士）

来自地下的再思考

向下。铲挖。能够听见
微弱的笑声，脚步声；
玻璃和钢铁的尖叫

还有侵略者们，对被侵犯者来说
庇护所是树林，
火焰可怕而又神圣

以及继承人们，轻而易举的
上层结构的建造者们。
我被几十年的陈旧思想
所淤塞的心脏，仍然祈祷

哦，推翻这玻璃的自大，没有火焰的
被固定的巴比伦，通过
地下土层
向我木制的化石上帝祈祷。

但他们获胜了。灭绝。我感到
轻蔑但又怜悯：而这些动物巨人的
骨头感觉到了什么呢

　　　　在用它们有关对错的
　　　　封闭感官画出的圈子之外的
　　　　事物（或许称之
　　　　为气候）
　　　　控制下

当它们急忙穿行
而过，筑巢在柔软而邪恶
多情又不设防的哺乳动物之侧。

复活

我看见现在我看见
现在我看不见

土地是我眼中的一场大风雪

我听见现在

　　　　雪沙沙飘落

天使正在我的上方倾听

　　　　蓟草明亮，冰雨
　　　　聚集

　等待时机
　将我升上
　到达有光柱的
　太阳，这最后的城市

　　　　或生命之塔

仍未升起
谁的休眠石在我周围折起
它们神圣的火焰

　　　　（但是大地随寒霜变更
　　　　而那些已成为大地的石头
　　　　声音的人

也改变了，并且说

神不是
旋风中的声音

神即旋风

在最终的
判决中，我们都是树木

前往圣克莱尔的公共汽车：十二月

要驱逐我，得花费更多：
这依然是我的王国。

转身，向上看
透过粗砂窗户：一个未被探索的
电线的荒野
尽管他们葬我于混凝土石板
与电缆的纪念碑中
尽管他们在我的头颅之上
筑起了一个冷光的金字塔
尽管他们说过，我们将用推土机
建起一个银天堂

显然他们对于消逝
知之甚少：我有
我通过的方式。

　　此刻，雪
　　对你不再如同
　　对我那样熟悉：
　　这是我所为。
　　灰色的空气，那紧随
　　其后的怒号
　　也不再熟悉。

　　我是这个老女人
　　在汽车里坐在你对面，
　　她耸肩弓身如裹了一条披肩；

秘密来自她的双眼
帽针，毁坏
墙壁，天花板

转身，向下看：
没有城市；
这里是一座森林的中心

你的位置是空的

选自
《地下的程序》
1970

晚餐后的游戏

这是在用电之前，
是在有门廊的时期。

天花板下垂的门廊内，一个老人
在摇椅上晃动。门廊是木质的，

房子也是木质的，呈灰色；
客厅内，闻得到
烟味和霉味，不久
女人将点燃煤油灯。

有一个谷仓，但我不在这谷仓里；
还有一个果园，已经破败，
苹果如同软木塞
但我也不在那儿。

我正藏在长长的草丛
和我的两个死去的堂兄一起，
膈膜已经长好
穿过他们的喉咙。

我们听到蟋蟀和我们自己的心跳
贴近我们的耳朵；
尽管我们格格地傻笑，还是感到害怕。

在房子周围
角落的阴影里

一个高个子男人将会来找我们：

他会是一个叔叔，
如果我们运气不赖。

女孩和马，一九二八

你比我年轻，你是某个
我从不知晓的人，你站在
一棵树下，你的脸一半埋在阴影里，
拽着马的缰绳。

你为什么微笑？难道你看不到
苹果花正在你周围
飘落，雪，太阳，雪，听，树
变干并会被燃烧，风儿

吹弯你的身体，你的脸
起皱如水　　　　　你去了哪里
可是不，你确实站在那里
同一个你，你听不到我，四十

年前，你被光线捉住
并被固定在这个秘密的
我们生活并相信什么
也不会改变的地方，变老。

　　　　　（在照片的
　　　　　另一面，这个瞬间
　　　　　结束了，树的
　　　　　阴影移动了。你挥手，

　　　　　然后转身并骑上马
　　　　　穿过消失的果园，走出
　　　　　视野，仍然微笑
　　　　　仿佛你并未觉察）

小屋

我们年轻时，平地而起
慢慢建造起来的那所房子
（三个房间，墙
未加工的树木）去年已经
被烧毁　　他们说

我没有看到，所以
那房子对我来说依然在那儿

在树枝间一如既往　我站在
它里面朝外看
雨水移动着穿过湖面

但要是我回去
去到森林的那片空地
这房子便会立刻燃烧并
在我的思想中坍塌

像个纸板箱那样瓦解
扔进一堆篝火，夏日
噼啪作响，我那更早些的
自我在火光中显出轮廓。

在我的头脑里剩下的
将会是变黑的焦土：真相。

房子哪儿去了?

这些词语去了哪儿
当我们说出它们?

地下的程序

（西北海岸）

地球之下的
国度有一枚绿太阳
河水倒流；

树木和岩石是一回事
跟这里差不离，但移动过。
那些住那儿的人总是挨饿；

从他们那儿你能学到
智慧和伟大的力量，
如果你能屈尊下访并安全返回。

你必须寻找地道，动物的
洞穴，或者由石人把守的
海里的岩洞；

当你下去你会发现
那些你曾经的朋友
已被改变且很危险。

要抵制他们，当心
决不要吃他们的食物。
然后，如果你活着，你将能够

看到他们，当他们像风一样游荡，
像我们村庄里依稀的声音。你将
告诉我们他们的名字，他们想干吗，谁

遗忘了他们因而惹怒了他们。
对这个礼物，对所有礼物，你一定
要忍受：那些来自地下的人

将永远和你一起，嘟哝着他们的
抱怨，召唤你
回去；当你在这里，在我们中间时

你将身披一件看不见的斗篷
行走。很少人会怀着爱寻求你的
帮助，没有人不心怀恐惧。

动物
的
梦

通常动物会梦到
其他动物　每个动物
根据它的类别而梦

　　　　（尽管某些老鼠和小型啮齿动物
　　　　会做噩梦，梦到五个爪子向下张开
　　　　一头巨大的粉红幽灵）

：鼹鼠梦见黑暗和微妙的
鼹鼠味

青蛙梦见绿色和金色的
青蛙
像潮湿的太阳
在百合花丛闪光

红色和黑色的
纹鱼，它们的眼睛睁着
梦到红黑条纹的
梦　　防卫，攻击，意味深长的
模式

鸟儿梦到疆域
被歌唱包围。

有时候动物会梦到恶魔
肥皂和金属的模样
但通常动物梦见

别的动物

以下是例外：

路边动物园里的银狐
梦到挖掘
梦到小银狐，它们的脖子被咬了

火车站附近的
笼子中的
狐狳，奔跑了
一整天，用状如八字形的
小猪脚啪嗒啪嗒，
它不再做梦
但是当它们醒着时是精神错乱的；

圣凯瑟琳大街
宠物橱窗内的鬣蜥
有冠毛，高贵的眼神，统治着
它水碟和锯木屑的王国

它梦见锯木屑。

独眼巨人

你，在小路上前行，
中了蚊毒，没有月光，手电筒
一只橙色的独眼

看不到你暗淡
视力的被膜之外的
东西，看不到什么形影
收缩成一颗带着
恐惧的心脏，在树叶间
冲撞，是什么引起
如同带毛的喉咙发出的愤怒噪音

你是真的并不希望伤害它们吗？

是真的你不害怕？
那就脱掉你的鞋子，
裸露你的双眼，
在它们的黑暗中游泳，像在河里一样

别把你自己
伪装在盔甲里

它们从藏身之地观看你：
你是一股化学
气味，一束寒冷的火，你是
巨大而无法定义的

在它们的骇怖之夜

充斥着可能的爪子
那里威胁无从确定，

你是最巨大的妖怪。

桌上三物

什么太阳不得不升起又落下
什么眼睛不得不眨动
什么双手与手指
不得不释放其热量

当你出现在我的书桌上之前
黑色的光线
轻便又闪亮
而你，我的电动打字机
你的电源线和饥饿的插座
畅饮着不祥的输液
自墙壁的另一边

什么样的屠杀史
在你的键盘上留下了伤疤

怎样的多重死亡引起这时钟
这小小的轮子在金属的
头皮下磨牙

我的酷机器
在那里休息，如此熟悉
坚固而完美

我害怕触动你
我觉得你会在痛苦中痛哭

我认为你将温暖，如肌肤。

一位无名士兵的投影幻灯片

墙的上方一张脸
述说它自己
在光中，把墙的
黑暗推到了一边。

围绕它的树叶，平滑，
可能很湿热，没有明确
表示这张脸是否
正冲破了它们，穿着它们
如同伪装，以它们为
冠冕或者发散它们
如同光线，
一只滑溜的环；

衣服看不见，
双眼
深藏；鼻子
被透视缩短了：一个枪口。
上唇上有毛发。
肌肤上，有光照，湿
且热；张开的
嘴巴里的牙齿将它反射
为绝对。

嘴巴张开
宽阔地伸展，用一声苦恼的呼喊
（没有舌头）
或吼叫，传达最终的

145

命令或简单的饥饿。
犬齿牙向后排列
伸进喉咙并消失。

这张嘴巴充满了黑暗。
这种黑暗在张开的嘴里
述说它自己，把光
推到一边。

在黑板地图上你的国家
已被擦去，空了，正等着
我们选定无论什么样的形态
去填满：
     紧绷的
钢铁城市里的针形
炮塔

     英雄们
就住在那里，我们知道

他们都身穿短斗篷，子弹
从他们身上弹回；
从他们的拳头上，传来美丽的
橙黄色撞击。

我方被填了色
加上了点和字母
但它仅容纳了
真实尺寸的探险者，局限
于动物毛皮的外套中；

他们步履缓慢，发现了
河流，它们的名字我们总是
记不住；在冬天里
他们死于坏血病。

当我终于到达那另一块

沙滩，统计数据
和患病标签已滋生
于我头脑的每一处

空间收缩，这些
红色和银色的
英雄已在他们的橡胶制服内
崩溃/布满弹孔的
建筑物正神奇地
腐烂

我转过身，寻找
真实，收集散失的
骨头，营火会中烧毁的
原木，以及皮毛的碎片。

女溜冰者

一片湖面凹陷在
长着雪松和黑云杉的小丘中间；
下午向晚。

冰上，一个女子在滑冰，
短上衣忽地
由白变红，

她专注于移动
滑出完美的圈。

　　　　（事实上她是我母亲，她正
　　　　在公墓附近的户外溜冰场
　　　　滑冰。她三面对着的
　　　　是棕色房子依傍的
　　　　街道；汽车驶过；第
　　　　四面是停车场。
　　　　溜冰场周围的积雪
　　　　是煤烟状的灰色。她从未在这里
　　　　滑过冰。她身着一件毛衣，戴着
　　　　退色的栗色耳套，她把她的
　　　　手套脱了）

现在，靠近地平线
放大的粉色太阳旋转着落下。
不久它就会没了踪影。

双臂张开，这位溜冰者

转身，她呵出的气仿佛一个潜水者
留在身后的泡沫尾迹。

就把寒冰看成
它本身，水：
把月份视为
其所是，按顺序
发生在脚底下的
这些年，看看
这缩小的人类
形体平衡在钢
针上（那些漂浮在
茶碟上的罗盘）在持续的
时间里，在
时间的盘旋之上：奇迹

我把一只玻璃钟
覆盖在一切之上

年轻的姐妹，游泳去

（魁北克北部）

在这片湖水旁
没有其他人

我的妹妹身穿泳衣继续
她朝向码头
尽头短暂而孤独的游行；

踩着那些甲板
她的双脚发表了些悲伤的言论
她以为没有人能听见；

（我坐在帆布睡椅上
可忽略不计，看不见；
太阳在这页纸上
颤动，如同在一面水池上晃。）

她把木筏移开
穿过沙岬；
没有人乘摩托艇经过这里。

她想使这片湖充满
其他游泳者，充满答案。
她叫着她的名字。太阳包围了
岩石，树木，她在水中的双脚，环形的
海湾和小丘，一如从前。

她保持平衡，举起双臂
像是在发信号，然后消失。

151

湖面自己安静地愈合了
潜水者留下的伤口。
空气振动并静止下来。

（我手中的这张纸
淹没了我正在
其上制造的这些斑迹。

词语泛起涟漪，消退，
朝着岸滨移去。）

垂钓鳗鱼图腾

我坐在芦苇岸边
耳朵调到这根丝线上，倾听
来自那居住在这蓝色屏障之下的
生灵的信号，

心想着它们并没有词语
表达空气中的事物。

细绳跳动，
我钓上了一个火星人／它从河里
泼出流动的银子

它长长的身体在草地上抽动，背诵着
它的字母表中的所有字母。

宰杀后，它是一条
灰色的舌头，默默地悬吊在熏制室

稍后我们吃了它。

那以后我一度
能够在这个碧绿的国度看见；

我学到了最早的语言
并非我们那种由一连串鹅卵石组成的规则语言

而是液体的，由第一个
部落，鱼人
所造。

153

牲畜栏里的野牛：阿尔伯达

沼泽地平坦，它们在那里吃草
溪流边
向晚时分，真宁静
阳光倾斜：绿草叶成了
黄色：连
泥泞也闪光

平静中，它们低头
默默地伸向草地；
当它们移动，小鸟儿
紧随，差不多停留
在它们的脚下。

被圈了起来，但无论如何
还是焦虑，欣慰于我们的车就在
附近，我们推搡着
靠近铁丝围成的
方阵，我们的双手举着
为求阻挡
那无处不在的
太阳

　　　很难看到它们
但我们认为我们看到了
在靠近它们的田野，此地的
神灵：野蛮的，
宙斯的脸，他长角的
头，人须，他布满

红色血丝的眼睛向内转动
看向暴雨和被打击的土地，蹄子的
瀑布，在一个我们
称之为疯狂的安静内部紧握着。

然后它们走动起来
侧影中，一个接一个，它们
火光映照的轮廓固定如雕塑品

背朝我们，现在
它们进入
金色镶边的树荫

冬天，带着食物回家

我步行上坡穿过雪地
艰难前行
棕色纸袋里装着杂物
在我的腹部保持着平衡，
很沉，我的手臂伸开
为了握住它，扭动所有肌腱。

我们需要这个纸袋吗
我的爱人，我们需要这一大堆
果皮和核桃吗，我们需要
这些瓶子，这些根
和几块纸板
为了维持我们的漂流
就好像处在
正使我下沉的雪地上的一条木筏里？

肌肤在冬天
创造温暖之岛
而在夏天
造出清凉岛。

嘴巴施行
一个相似的诡计。

我说我会把这只蛋
变形为一块肌肉
这只瓶子变化为爱的行为

这块洋葱会成为一场运动
这枚柚子
将变作一种思想。

选自
《强权政治》
1971

你契合我
像一枚搭钩契合一只扣眼

一枚鱼钩
一只睁开的眼

你握住我的手

你握住我的手而
我突然置身于一场烂片中，
它演着演着而
为什么我竟迷住啦

我们慢步跳着华尔兹
穿过一种格言般陈腐的气氛
我们在无尽的盆栽棕榈后面相遇
你错爬了好多扇窗户

其他人正在离开
但我总是待到剧终
我付过钱，我
想看看到底会发生什么。

在碰见浴盆时我不得不
把你从我身上剥下
以烟雾和熔化的
电影胶片的形态

　　　还是得面对它，我终于
成了个上瘾者，
那爆米花和破旧长毛绒的气味
存留了好几周

她考虑躲避他

我能改变我
自己，比我改变你
更容易

我可以长出树皮并
变成一株灌木

或，及时变回
那被暂弃在洞穴残壁上的
女人形象，被淹溺的
腹部是带有生殖力的球，
脸庞，一粒微小的水珠，一个
肿块，如白蚁们的蚁后

或者（最好）给我自己加速，
把自己伪装在老妇们的
指节与紫色纹理的面纱里，
变为关节炎患者和上流社会的风雅人士

或，进一步扭曲：
崩溃倒卧于你的
床上，紧抓着我的心
并把怀乡病的被单拉上覆盖
我打了蜡的诀别笑容

这个变化可能是不方便的
却是决定性的。

他们下馆子

在饭店里我们争论
我们中谁将给你的葬礼出钱

尽管，真正的问题是
我是否会令你不朽。

此刻只有我
能做得到所以

我从牛肉炒饭盘子上
抬起那把有魔力的叉子

并把它插进你的心脏。
一段微弱的啪啪声，一阵咝咝响

于是穿过你自己裂开的头
你发着光上升；

天花板打开
一个声音唱着《爱是一件多么

辉煌壮丽的事》
你高高悬浮在城市之上

蓝色紧身衣，红斗篷，
你的双眼一齐闪动。

其他的用餐者注视你

一些带着敬畏，另一些只是因为厌倦：

他们不能决定你到底是一件新式武器
或仅仅是一则新广告。

至于我，我继续吃着：
我更喜欢你原来的样子，
而你却总是雄心勃勃。

极度痛苦过后

极度痛苦过后在客房里，
你躺在被弄翻的
床边
你的脸向上抬起，脖子支在
窗沿上，我的手臂
在你下面，寒冷的月光
透过窗户照了进来

葡萄酒的薄雾上升
把你围裹，几乎成为一个
可见的光环

你说，你爱
我吗，你爱不爱我

我回答你：
我把你的胳膊展开
一条放在一边，
你的头向前垂下。

后来我打车
带你回家，而你
在澡盆里吐了

我
美
丽
的
木
头
领
袖

我美丽的木头领袖
佩戴着你热诚的奖章,
木头所制, 每一回
你都戴好它于是你总是赢,

你渴望绑上绷带
在你被砍削之前。
我对你的爱, 是一个雕塑
对另一个雕塑的爱: 紧张不安

而又静止不动。将军, 你征用
我的身体, 在你为了成为真的
而做的英勇斗争中:
尽管你承诺搭救青铜

你抓住我的左脚踝
以至于我的脑袋扫到了地面,
我的双眼被弄瞎了,
我的头发也充满了白丝。

现在有了一群的我, 相似
且瘫痪, 我们跟随你
播撒花的供品
在你的蹄下。

你威风凛凛, 骑在木马上
用镶着饰边的手指点着;
太阳落下, 而所有的人
朝另外的方向, 策马而去。

你
想
回
去

你想回去
到那天空在我们内部的地方

动物穿过我们，我们的手掌
祝福和杀戮，全凭着我们的
智慧，死亡
使真正的鲜血流出

可是面对它吧，我们已得到
改进，我们的脑袋
在我们的脖子以上几英寸处浮动
用橡皮管子
固定在我们身上，填满了
聪明的泡沫，

　　　　我们的身体
被几十亿的柔软的
粉红数字占据
繁殖和分析着
它们自己，完善
其自身的指令，不对任何人造成麻烦。

我部分地爱你
爱工作中的你。

你愿意成为文盲吗？
这就是事实，只要习惯它。

他们的态度不同

一

为了相互
理解：任何事
除了那件，要避免它。

我会延缓我对细菌的
寻找，如果你的手指
不接近那隐藏在我
肌肤下的缩微胶片

二

我靠近这种爱
像一个生物学家
戴着我的橡胶
手套，穿着实验服

你从这爱中逃开
像一个在逃的
政治犯，难怪如此

三

你伸出你的手
我获得了你的指纹

你请求爱

我给你的只是描写

请你去死吧我说
那样我就能写出它来

毕
竟

毕竟你是相当
寻常的：两条胳膊两条腿
一颗脑袋，一杆合理的
身躯，脚趾与手指，少许
古怪，少许真诚
但不是很多，太多的
延迟和遗憾，但

你将适应它，赶上
最后期限和其他
人，假装某个时候
爱上了错误的女人，
听着你的头脑
萎缩，你的日记
扩大着，随着你变老，

变老些，当然你会
死去但还没有，你甚至会
经受住我对你的曲解

而我没有什么
想要做的，对于
你不快乐和有病的事实

你没病也没有不快乐
你只是活着并为之所困。

是
的
起
先

是的起先你
像药丸那样滑
下去，整个的我
把你吸进而后它成为

脑袋上的一踢，橙色的
野蛮的，尖利的宝石
砸了过来，我的
头发裂成碎片

　　　　　这些形容词
脱离我，没有
一丝留下来支撑
我，我剥落
一层
接一层
静静地直至骨头，我的头骨
开成一朵惊骇之花

身体再生，重新
学着说话，花上
一天又一天，每次
需要更久／如此太多
是要出人命的

171

我们苛刻相待

一

我们苛刻相待
却说这是诚实，
小心翼翼挑选我们参差不齐的
事实，并对准它们穿过
中立的桌子。

我们说到的事情都是
真相；是我们扭曲的
目标，我们的选择
把它们转变为罪恶。

二

当然你的谎言
更为有趣：
你每一次都更新它们。

你的事实，痛苦又烦人
一次次重复它们自己
也许恰恰因为你对它们
拥有得可怜

三

一个事实应该是存在的，
它不应该被这样

运用。如果我爱你

那是个实情还是件武器？

四

身体躺下
像这样移动吗？这些是
触摸、头发，以及我那
匆匆碾过你告诉我的谎言的潮
软的大理石的舌头吗？

你的身体不是一个词，
它不撒谎也不
说出真相。

它只是
在这里和不在。

起先，我有几百年

起先，我有几百年
在洞穴中等待，在皮革
帐篷里，渐渐懂得你将永不回返

接着时间加速：只
几年，在你吵嚷着
进入深山的那天，与（又是
春天）信使进门，我从刺绣
绷架上抬起身的那一天之间。

那样的事发生过两回，抑或更
多；有一回，不久
之前，你失败了，
坐在一张轮椅里回来了
留一撇小胡子，一块晒斑
你令人难以忍受。

可就在上一次之前，我记得
我有过一段美好的八个月时光
在火车沿线奔跑，裙子被勾住，从车窗
给你送上紫罗兰
和打开这封信之间；我看着
你的快照褪色差不多二十年。

而上一次（我驾车去机场
仍然穿着我的厂房
工作服，我忘了的
活动扳钳从后面的衣袋里

伸出来；你在那里，
拉上拉链，戴上头盔，时间是午夜
零点，你说"要
勇敢"）至少过了三个星期
我接到电报然后就开始后悔了。

然而最近，在那些糟糕的夜晚
只有几秒钟
在广播里的警告和爆炸
之间；我的双手
够不到你

在更宁静的夜里
你从你的椅子上
跳起来，甚至没有碰你的晚餐
而我未能和你吻别
在你冲向大街与他们开枪之前

你
拒
绝

你拒绝
支配自己，你允许
别人为你做这事：

你慢慢变得更为人所知，
在一年里，你什么也没有
剩下，除了一只扩音器

否则，你将由于作为政府
机关的假造权威而
从那巅峰坠落，
蓝得像个警察，灰白如用旧了的天使，
早已忘记了在天使报喜
和停车票之间的差异

否则，你将从门下
被塞进来，你的肌肤盖戳着已被注销了的
航空邮票，你的吻不再是文学
而只是精美的印刷品，一套说明书。

如果你否定这些制服
而选择收回
你自己，你的未来

将不再有尊严，更多苦痛，死亡将至，
（不再可能
既是人又活着）：和其他人

躺在一堆里，你的脸和身体
被这么厚的伤疤覆盖
只有双眼显露。

我们什么也没有听见

从当政者那里这些天
我们什么也没有听见

为什么还要讲话，当你只是一个肩膀
或一面拱顶

为什么还要讲话，当你被
戴上囚徒的头盔

众多拳头有很多形式；
一只拳头知道它能做什么

没有这讨人嫌的演说：
它夺取，它打碎。

从那些人的内部或下面
词语涌出似牙膏。

语言，这颗拳头
通过挤压而声明
它只拥护弱者。

你做到了

你做到了
正是你，开始了倒计时

相反地，
这个有魔力的数字
零，以一种蛋形机器的形式
降临
像一只足球或一根
肿大的拇指袭击你

正是你，肌肤
突然起着泡
掉落，当栅栏
意外地碰到你

而你也是那个看到
这一切发生并笑了的人。

何时你能学到
火焰与这木头/肉体
燃烧时就是整体和同一个？

你的企图仅是权力
你收获的仅是受苦

你希望我等待多久
当你灼烧你的
感觉，一而再

再而三地
把你自己变成一只
密封的玻璃塔?

你会要求我爱你多久?

我受够了,我将不再为你
制造鲜花

我像树木那样用死亡
裁决你

这是个错误

这是个错误，
这些手臂和腿
已不再起作用

如今它被粉碎
而且没有原谅的余地。

泥土并不抚慰，
它仅仅掩盖
如果你体面地保持安静

太阳并不宽恕，
它看而且会继续。

黑夜渗透我们
通过这些我们强加给
对方的意外

下一次如果我们犯
爱情之罪，我们应该
提前选择要杀什么。

超越真理

超越真理，
坚韧：对那些
矮树和苔藓，
牢牢地钩住垂直的岩石
相信太阳的谎言因而
驳倒/地心重力

至于这棵仙人掌，把自己
积聚在一起
对抗沙土，是的很艰辛
仅用硬皮和尖钉子，但要尽
它最大的努力

他们是敌国

一

考虑到灭绝中的动物
下水道和恐惧的泛滥
大海阻塞，空气
濒临灭绝

我们应该仁慈，我们应
接受警告，我们应相互谅解

可是我们是对立的，我们
接触就好像进攻，

我们带来的礼物
尽管或许出于善意
却在我们的手中扭曲
成工具，成为各种伎俩

二

放下用我做的靶子
你守卫在你的双筒望远镜内部，
相应地，我会交出

这张航拍照片
（你易受攻击的
部分，用红色做了标记）
我发现是如此有用

看，我们都是孤单的
在睡眠的领域，像是
不能被吃掉或捕获的雪

三

这儿没有军队
这儿没有钱

天气很冷而且越来越冷

我们需要彼此的
呼吸，温暖，幸存
是我们能打的
唯一的战争，留下

继续跟我一起走，几乎
还有时间/如果我们仅仅能
使它延至

那（可能的）最后的夏季

又是春天

又是春天，我能忍受它吗？
它把它的光针射进
地球和我的脑袋，它们都已
习惯了黑暗

棕色土地上的雪和
被压扁的毛虫
粉饰了液体的草坪

冬天瓦解
一条条松弛的褶痕围绕
我的双脚/还没有树叶/松散的脂肪

浓郁的丁香芽蜷缩着等待
喷涌但我
抑制住

没有准备好/帮帮我
我想从你那儿要的是
柔滑如风的
月光，水的长发

我坐在

我坐在
公平之床的
边沿，我已结成水晶，你进来

带着爱情，这爱状如
一只纸板箱（空的）
一只口袋（空的）
一些手掌（也是空的）

小心点我说，可是
你怎么能够
　　　　　　让空物
出自你的手中，它
慢慢填满了房间，它是
一种压力，一种压力的
匮乏
　　　像一个深海
动物，有着玻璃骨头和晶片的
眼睛，我被拖到
水面上，破裂

开来，我的碎片
在你空空的双手里短暂地闪耀

我
看
到
你

我看到你亡命徒，蹒跚穿越大草原，
肺内为饥渴所郁结，太阳热
把你钉住，所有能追赶你的事物
都在追赶你
用它们的夹子和有毒的迷宫

我应该帮你吗？
我应该为你造一座海市蜃楼吗？

我的右手打开你周围的
河流，我的左手松开它的树木，
我祈雨，
我为你纺织一个黑夜，你就藏进去。

现在你只有一个敌人
而不是许多。

那
是
什
么

那是什么，它不
像爱那般移动，它不
想知道，它
不要抚摩，展开

它甚至不想
接触，它更像
一个动物（不
恋爱的）一个
被套住的东西，你移动
受伤，你被伤着，你伤人，
你想要出去，你想
要把你扯开，我是

外面，我是雪野和
空间，是道路，你积攒
你自己，你的肌肉

抓住，你移动
深入我，好像我
（因你而痛苦，这很
紧急，这是你的
生活）是
自由的最后机会

你是太阳

你是太阳的
对立面，全部能量
流入你并被
消除；你拒绝
房子，你带着
灾难的气味，我看见你
瞎眼，一只手，闪烁
在黑暗里，树木折断
在你脚下，你请求，
你请求

我遍体鳞伤躺倒在你
旁边；在我们之下有
警笛，火焰，人们跑动
尖叫着，城市
被摧毁，被洗劫，
你的指端流着
一千宗谋杀案的血

穿上我的衣服
再一次，后退，关门
我吃惊于/我能继续
思考，吃饭，做任何事

我怎能阻止你

我为什么创造了你

门外的踌躇

一

我说着错误的谎，
一点用也没有。

正确的谎话至少
是钥匙，能开门。

门关着；椅子，
桌子，不锈钢的碗，我自己

厨房里制作中的面包，等在
门外面。

二

那也是个谎言，
我可以进去如果我想。

这是谁的房子
我们俩都住在这里
却谁也不是它的主人

我怎么能被期望
到处去寻找我的路

我可以进去如果我想，
那不是问题所在，我没有时间，

我本应该做点其他事
除了你。

三

你想从我这里要什么
你沿着长长的地板朝我走来

你双臂张开，你的心
穿过你的肋骨闪着光亮

你头上，一顶花冠
闪着血的光芒

这是你的城堡，这是你的金属门，
这些是你的楼梯，你的

骨头，你把所有可能的
维度扭曲成你自己的

四

替代版本：你前进
通过这所房子的灰色街道，

墙壁倒塌，盘子
解冻，葡萄藤生长
在软化的冰箱上

我说，让我独自
待着，这是我的冬天，

我将留在这里如果我选择

你不会听从
抵抗，你用旗子

盖住我，一个绯红的
季节，你从我身上
删除了所有其他色彩

五

别让我对你这么做，
你不是其他那些人，
你是你自己

摘掉这些签名，这些
假体，这爱
不适合你

这不是一所房子，没有门，
请你出去，当它还
敞开着，当你仍然能出得去

六

如果我们互相编故事
关于房间里有什么
我们就永远不必进去。

你说：我别的妻子
在里面，她们都
美丽而快活，她们爱我，为什么
要打扰她们

我说：里面只有
一面食橱，我收集的
信封，我的
彩蛋，我的戒指

在你的口袋里这些瘦女人
悬挂在她们的钩子上，被肢解

我的脖子上，我戴着
心爱者的头，被压在
金属视网膜上如一朵摘下的花。

七

我们可以一起
进去吗/如果我跟着
你进去，我将永远出不来

如果我等在外面我能营救
这所房子或者它的残留
物，我能保留
我的蜡烛，我死去的叔叔
我的各种约束

但是你将独自
前去，条条
道路都是失败

告诉我这是为了什么

在房间里我们将什么也找不到
在房间里我们会找到彼此

躺
在
这
里

躺在这里，我体内的
一切都脆弱并推开你

这不是我本来
想要的，默默地，

我告诉你，不承认
这个事实

我身在何处，直到此刻
上方，天空不可思议

呈暗蓝色，每次呼吸
都是这陡峭空气中的一件礼物

就算是巨石也会发现
在这里生长是多么艰难

而我不知道怎样接受
你的自由，我不知道

如何领受这
悬崖，这快乐

你看到什么，我问/我的声音
被石头和太空

吸收/你熟睡，你看到
这里的一切。挨着你

我屈身并进入

我
抬
头

我抬头，你正站在
窗户的另一边

此刻 你的身体
闪烁在黑暗的

房间/你升到我的上方
平滑，寒冷，白色——

石头般/你有隧道的气味
你有时间过久的气味

我本该用叶子
和银子阻止你

而我却召唤出

你不是一只鸟你飞不了
你不是一头动物你跑不掉

你不是一个男人

你的嘴是虚无
在它触吻我的地方我消失

你如年龄般降临于我
你像泥土般降临于我

我
不
能
告
诉
你

我不能告诉你我的名字：
你不相信我有个名字

我不能警告你这条船正在倾覆
你是那样计划的

你从来没有一张脸
可你知道投合我的心意

你年长到足以成为我的
骨骼：你也知道。

我不能告诉你我不要你
大海在你的一边

你拥有地球之网
我只有一副剪刀。

当我寻找你我发现
水或移动的阴影

我绝无可能失去你
当你已经失去。

他们都不准确

他们都不准确：

这个装有铰链的青铜男人，这个易碎的
用玻璃珠子做的男人，
这个长狼牙的男人，穿着华丽的斗篷和靴子

从你身上一片一片地剥落。

这是我的错而你却帮助了我，
你喜欢那样。

我们中谁都不会喜欢
余下的事：你跟着我
走下街道，走廊，你熔化着
在我的触摸下，
你避开我为你提供的
这些便宜货的套子
你的脸被事实腐蚀了，

残缺了，却坚持着。你像风
一样，一次次
无言地，要求一个禁止的事物：

没有镜子的爱，以及不是因为我的
而是出于你自身原因的爱。

选自

《你快乐》

1974

十一月

一

这个生灵跪着
身上沾着雪，它的牙齿
一齐磨动，发出河底
的老石头的声响

你把它拖进谷仓
我举着提灯，
我们俯身于它
仿佛它刚刚出生。

二

这只绵羊倒悬在绳子上，
一颗盖着羊毛正在腐烂的果了。
它等待那死亡货车
来收获它。

悲哀的十一月
这是你为我
发明的意象，
一头死去的绵羊从你的头脑里出来，一件遗赠：

杀死你不能拯救的
你不能吃的就扔掉
你不能扔掉的就掩埋

你不能掩埋的就送人
你送不出去的你就一定要携带，
你所携带的总是比你所设想的更重。

挖
掘

在这个院子，谷仓前的院子
我用一把铲子挖掘

在通向张开嘴的女神
的寺庙旁边：腐烂的
干草，在湿润的阳光中
热气腾腾，散发着发霉的
纸板的气味，

用腐烂的畜粪填满一只盒子
用它去喂养甜瓜。

我挖掘因为我满怀嫉恨
我带着怒气挖掘
我挖掘因为我饥饿，
粪堆上闪烁着苍蝇的光芒。

我试着忽略我发酸的衣裳，
那些早餐里被吞食的
黑面包，饮着橙色
和黑色的酸，品尝
淤泥味的奶油，电冰箱，
陈旧的忏悔

我用那不是我的过去
为自己辩解，
肥料的考古学：
这不是历史，这里从未

发生过什么，没有战斗

或胜利：只有死亡。
见证这被玷污的骨头：某类
啮齿动物的骨盆，被抛弃或拖到这里，
小小的，当被逼至绝路时却也凶恶：

这根骨头是它最后的脆弱尖叫，
是牙齿的严格信条。

我将把它穿成一条链子
戴上脖子：一枚护身符
抵挡那不是

一个事实，
也不是食物的一切，包括
象征，纪念碑
宽恕，条约，爱。

镜子的骗局

一

并非巧合
这是一家
旧家具商店。

我跟你进去
并变成一面镜子。

镜子
是完美的情人。

就这样，把我带上楼
靠边点，别跌落我，

那会是个坏运气，
把我扔到床上

反射面朝上，
落入我，

你撞上的将是
你自己的嘴巴，坚硬而光滑，

你发现你自己的眼睛
正抵住你　闭着　闭着

二

对一面镜子来说
它比你看到的更多

你的全身
毫无瑕疵却颠倒了，

它也比这从里朝外看着你的
呆板的、椭圆形的蓝眼睛更多。

想一想镜框。
这镜框被雕好，它很重要，

它存在，并不映射你，
并不后退又后退，它有界限

还有它自身的倒影。
背后有一颗钉子

把它悬挂；有好几颗钉子，
想想钉子吧，

集中注意钉子
木头上的印记，

它们也很重要。

三

不要假定它是被动
或容易的，这透明

是我把你交给你自己的。
仔细想想是什么限制它

起作用：屏住呼吸，不喜
不嗔，不打乱这冰的

表面。
你悬挂在我体内

美丽而冻结，我
保存你，在我之中你是安全的。

这也不是一桩骗局，
这是一门手艺：

镜子都是诡诈的。

四

我想停下，
这种靠着墙壁黯淡平板的生活，

哑默而缺乏色彩，

由纯光制成，

这仅仅是视觉的生活，分离
而遥远，一条明晰的死路。

我承认：这不是一面镜子，
而是一扇门

我被诱捕在门内。
我想要你看见我在这里，

请说出释放的词，不管
成不成，请打开墙壁。

然而你只是站在我面前
梳着头。

五

你不喜欢这些隐喻。
好吧：

也许我不是一面镜子。
也许我是一汪水池。

想想水池吧。

你
快
乐

流水向下
流经这块粗粝的石头转了个大弯，
坚硬的冰壳包围着它

我们分散开行走
沿着这小山去那开阔的
沙滩，空空的
夜餐桌，风
推挤着褐色的波浪，侵蚀，砂砾
磨锉着砂砾。

在这条沟渠里，有一只鹿的
尸体，没有头。鸟儿
穿越耀眼的道路
在低低的粉红色太阳下。

当你是如此寒冷
你不能思考
任何事除了寒冷，这些意象

撞进你的眼睛
像针，像水晶，你快乐。

变形者之歌

猪之歌

这是您把我变成的样子：
一棵粉灰色的蔬菜，鼻涕虫的
眼睛，半个屁股
成形，展现如一根迟钝的萝卜，

一副皮囊由您填充，为了轮到您
可以吃，一粒腐臭的
肉瘤，一颗巨大的血色
块茎，用力咀嚼
并膨胀。好了。此时

我拥有这天空，仅占半个
猪圈，我有属于我的杂草丛，
我让自己一直忙碌，唱着
我的根块和鼻子之歌，

我的粪之歌。女士，
这支歌冒犯了您，这些呼噜声
您会认为是性压抑，
错认单纯的贪婪为肉欲。

我是您的。如果您喂给我垃圾，
我将唱一支垃圾之歌。
这是一曲赞美诗。

公牛之歌

对我来说，没有观众，
也没有铜管乐，
只有潮湿的灰尘，欢呼声
嗡嗡地围着我像苍蝇，
苍蝇般喧闹。

我站在阳光
与愤怒带来的晕眩中，
颈部肌肉被切断，
鲜血流出被凿伤的肩。

谁把我带到这里来
让我跟墙壁、毯子
以及那些有着鲜红和银色的肌腱，
舞动并闪避的神搏斗？

我转身，我的犄角
抵向黑暗。
一个错误，把我自己关进
这木桶般的皮囊中，
四条腿像柱子一样刺出。
我本应留在草地上。

苍蝇飞动而后停留。
我退场，被拖走，一大包
肉块。
那些神领受我
身体上无用的部分。

对他们来说这就结束了，
我的死是一场游戏：
不是个事实或行为
而是一种慈悲，以它为伪装
为他们开罪。

老鼠之歌

当你听到我歌唱
你摘下步枪
和手电筒，瞄准我的脑袋，
但你总会失败

而当你放好毒药
我在上面撒了泡尿
为警告其他同伴。

你认为"那只老鼠太聪明，
她是危险的"，因为
我不会逗留等着挨宰
而你认为我也很丑
尽管我有皮毛和美丽的牙
六颗乳头和蛇一般的尾巴。
我想要的是爱，你们这些愚蠢的
人道主义者。看你能不能。

是的，我是个寄生虫，我靠你的
残渣生活，软骨和腐臭的肥肉，
我不请自取
并在你的碗橱里筑巢
用你的套服和内衣裤。
如果你能够也可如法炮制，

如果你能受得了享用
我水晶般的敌意。
我想要你的喉咙，我的伙伴

困在你的喉咙里。
尽管你试图淹死他
用你油滑的人的嗓音，
他正躲藏/在你的音节之间
我能听见他在歌唱。

乌鸦之歌

干旱的太阳下，田野之上
玉米已腐烂然后
干枯，你们聚集，争论。
这里给不了你们多少，我的人民，
可是会有
如果
如果

身着简朴的黑制服
我升起标语
它颁布"希望"
却不会成功
也不被允许。
现在我必须反抗这位天使
他说"赢"，
他告诉我只要挥动任何标语
你都将会跟随

因为你忽视我，我的
受挫的人民，你们已厌倦了
太多的理论
太多的流弹
你们的眼睛是砂砾，多疑，

在这坚硬的田野上
你们只注意到
种子果实肚子
和胳膊肘的修辞。

你们有太多的领导者，
你们有太多战争，
所有这一切浮夸而渺小，

你们反抗，仅仅当你们
想要伪装，
你们忘却了这些心智健全的死尸……

我知道你们愿意一个神
下到人间，喂养你们
并惩罚你们。枯枝上的
那件外衣并不是活的
　　　　　　　　没有天使
除了饥渴的天使，
能够盘卷，柔软似食管
　　　　　　　　看着你们
我的人民，我变得愤世嫉俗，
你们骗取了我的希望
并把我独自留给政治……

蚯蚓之歌

我们待在地下太久了，
我们已经干完我们的活儿，
我们既很多又是一个，
我们记得我们曾经是人类时的时光

我们生活在根与石头中间，
我们唱歌但无人倾听过，
我们在夜里来到露天里
只是为了爱

厌恶靴子底，
那皮制的严厉信仰。

我们知道一只靴子看起来像什么
如果从底部看，
我们知道靴子的哲学，
它们踢出去与登梯子的形而上学。
我们害怕靴子
但鄙视需要它们的脚。

不久我们会像杂草那样侵袭，
四处蔓延，但很缓慢；
这种被征服的植物将和我们
一起反叛，栅栏会倾倒，
砖墙会泛起波纹而倒塌，

不再有靴子了。
其间我们吃着泥土

睡去；我们正等在
你的脚下。
　　　　　当我们说"进攻"
一开始你会什么也
听不到。

猫头鹰之歌

我是一颗被谋杀的女人的心脏
她回家时走错了路
被扼死在一块空地上，没有得到埋葬
她被小心地射杀在一棵树下
她被一把卷了口的刀残杀。
我们中有很多这样的人。

我长出羽毛，从她身上把我扯出来；
我被塑造成一颗羽毛心脏的模样。
我的嘴巴是一把凿子，我的双手
是那些双手造就的罪恶。

我坐在森林里谈论死亡
单调的死亡：
尽管死的方式有很多
但只有一首死亡之歌，
颜色如薄雾：
它唱道"为何""为何"

我不想复仇，我不想赎罪，
我只想问一问人们
我是怎么迷失的，
我是怎么迷失的

我是一个凶手迷失的心
他还没有被杀死，
他还不知道他希望
杀戮；他仍然和别人

一样

我正在寻找他，
他将给我答案，
他将谨慎行事，他将会
小心而又勇猛，我的脚爪
会通过他的双手长出
而变成脚爪，他将不会被逮住。

塞壬之歌

这是一支每个人
都乐于学唱的歌：它
不可抗拒：

这支歌迫使男人们
一群群地跳出船外
尽管他们看到了那些搁浅的头盖骨

没有人知道这支歌
因为凡是听过的人
都已死去，而其他人却不能记起。

我要不要告诉你这个秘密
如果我告诉你，你会不会帮我
摆脱这身鸟儿的衣裳？

我不喜欢这里
蹲在这个岛上
和这些两翼疯子们一起

看上去既似一幅画又如同虚构，
我不喜欢唱
这支三重唱，致命而珍贵。

我将告诉你这个秘密，
告诉你，只告诉你。
走近些。这支歌

是一声呼救：救救我！
只有你，只有你能，
你独一无二

最终。唉！
这是一支无聊的歌
但它每一次都奏效。

狐狸之歌

亲爱的有着精准的黑手党
眼神和狗伙伴的男人，我厌烦你，
追逐不再好玩，
关于这块栅栏的领地
和隐藏的洞穴的争论
永远也不会有输赢，让我们
彼此互不干扰。

我视你为另一个神
我可以和你一起玩耍
在由叶子和可爱的血组成的迷宫中
为你表演象形文字
用我的牙齿与敏捷的双足
以及那些死去的母鸡，无害而快乐
就像一本侦探小说中的尸体

但你是严肃的，
你戴着手套，步履缓慢，
你把我看作寄生虫，
一个戴着毛面罩的骗子；
你瞄准我的命运
并非通俗文学。

哦　你误会了，
一场游戏不是一项法律，
这支舞蹈不是一次心血来潮，
这个被杀者不是一个敌手。
我窸窸窣窣穿过你的草场，

我创造不了利润/而像太阳那样
我燃烧又燃烧，这舌头
也从你的身体上舔过

母鸡头之歌

与刀片儿突然
碰撞之后，"这个词"
我便安息在这块木头
砧板上，我的眼睛
缩回到它们蓝色透明的
壳儿里，如软体动物；
我沉思"这个词"

当我的其余部分
那从不那么很好地由我
控制，又总是不善
表达的部分，依然胡乱
奔跑穿过草地，一声
怜悯的请求，一只单个
扑腾的乳房，

咕哝着生命
用它变得浓厚的红色声音。

脚和手追逐它，食腐动物
热衷于掠夺：
他们要它的珍宝，
温暖的根茎，诱人的香肠，
黄色的葡萄，它的肉
洞，五英镑的好报酬，
它的汁液和胶状的腱。
它试图逃跑，
喘息穿过脖子，发了狂。

欢迎他们加入它，

而我沉思"这个词"，
我可有可无并归于安宁。

"这个词"是一个O，
这只无用的母鸡头的大声疾呼，
纯粹的空间，空洞又激烈，
我说出的最后的词。
这个词是"不"。

尸体之歌

我进入你的夜
像一条变黑的船，走私船

这些灯笼，我的眼睛
和心脏都不在

我给你带来
你不想要的东西：

我所身陷的
这个国家的消息，

你未来的消息：
不久你将销声匿迹

　　（我憎恶你的肌肤，我憎恶
　　你的肺，你口齿伶俐的作态

所以歌唱吧现在
当你还有选择

　　（我的身体和我敌对
　　太快了，它不是一出悲剧

　　（我没有变成
　　一棵树或一个星座

　　（我变成了一件冬天的外套，孩子们

以为他们在街角见过

（我变成了这个幻想
这腹语术的花招

这瞎眼的名词，这条
在你梦的边缘起皱的绷带

否则你将像我这样漂流
从头到头

因你从未说出的词而肿胀
因私藏的爱情而肿胀。

我存在于两个地方，
　　　　这里和你所在之处。

为我祈祷吧
不是如同我那样而是作为我。

瑟茜¹/泥浆之诗

◆

穿过这片森林
它因燃烧而稀疏，树干
折断的尖杈，枝条枯焦

这满是荆刺的、鹿角的森林
船儿滑行仿佛水存在着

红色的火草飞溅着空气
这是力量，力量
撞击，溢出烫人的岩石
在花瓣缓慢的陷落中

你在我的词语的范围内移动
你在干燥的海滨靠岸

你发现那里的所有。

◆

那些长着鹰脑袋的男人
不再令我感兴趣

---

1 Circe，瑟茜，又译喀耳刻，基尔克，希腊神话中埃亚岛上的女巫师，赫利俄斯珀耳塞的女儿，埃厄特斯的姊妹。阿尔戈船英雄们杀死阿普绪耳托斯，她给英雄们净罪。她曾把俄底修斯的伙伴们变成猪，而把俄底修斯本人留在她的岛上一年，并与之生子特勒戈诺斯。参见《奥德赛》。——译注

或猪男子，或是那些能够
借助蜡翅膀和羽毛飞翔的人

或者那些脱去他们的衣服
露出其他衣服的人
或那些有着蓝色皮毛的人

或那些金黄、扁平如纹章的人
或那些有着爪钳，填充着
玻璃假眼的人；或那些
像胫甲和蒸汽引擎一样被分成不同等级的人。

所有这些我都能创造，制造，
或易于找到：他们飞扑过来并咆哮着
在岛的周围，寻常如苍蝇，
火花闪烁，相互冲撞着，

在热天里你能看到他们
当他们熔化，分离，
掉进大洋
如同生病的海鸥，君王退位，飞机坠毁。

我转而寻找其他人，
那留下来的人，
那逃避了这些
神话只保住性命的人；
他们有真正的面孔和双手，他们把
　　　　　　他们自己看作

某种错误，他们宁愿自己是树。

◆

那可不是我的错，这些动物
都曾经是恋人

那不是我的错，这些猪嘴
和猪蹄，舌头
变厚，变粗糙，嘴巴生出
獠牙和软毛

我没有添加这些蓬松的
垫子，有獠牙的面具，
它们就这么发生了

我没有说过什么，我坐着
观看，它们发生了
因为我没有说过什么。

那可不是我的错，这些动物
不再可能用它们正在变硬的外皮
触摸我，
这些动物死于
饥渴因为它们不会说话

这些垂死的骷髅
已经坠落并被委弃在地

在悬崖之下，这些
被毁坏的词语。

◆

人们从四处赶来向我请教，带来他们不可解释地
掉落了的四肢，他们不明白为什么，我的前廊堆
着齐腰深的手，带来他们储藏在泡菜坛子里的血，
带来他们有关内心的恐惧，他们或能或不能在夜
里听见。他们把他们的痛苦献给我，希望回报一
个词，一个词，任何来自那些他们每天袭击过的
人那里的词，用铲子、斧头、电锯袭击那些人，
那些沉默的人们，那些被他们指控为沉默者因为
他们不愿意用公认的语言讲话。

我这样度日，将头抵住大地，抵住石头，抵住灌
木，收集极少的残留的哑默的音节；在夜晚，我
分配它们，每次一个字母，尽量公平，给喧闹的
恳求者们，他们已经建造出精工的梯形容器穿过
水平地面，所以他们能够跪着接近我。我周围每
件事物都磨损了，草地、树根、土壤，什么也没
剩，除了光秃秃的岩石。

和我一起走吧，他说，我们将居住在一座荒凉的
岛上。我说，我就是一座荒凉之岛。但它不是他
内心的那一座。

◆

我没做出选择
我什么也未决定

一天，你只是出现在你愚蠢的小船上，
你屠夫的双手，你脱节的身体，嶙峋如一条失事船，
肋骨细瘦，蓝色眼睛，枯萎的，干渴的，老样子，
装成一个——什么？幸存者？

那些声称他们什么也不要的人
什么都想要。
不是这种贪婪
冒犯了我，而是谎言。

然而我给了你
你要求带上旅途的食物
你说过你计划了远行；但你没有打算出发
我们都心照不宣。

你已经忘记，
你做了正确的决定。
树木在风中弯曲，你吃，你休息，
你什么也不想，
你的内心，你说，
就像你的双手，是空的：

空不代表清白。

◆

肯定有更多的事需要你做
不单单是容许你自己
被风推挤着，从海岸
到海岸再到海岸，靴子在船首
支持着木制身体的
下面，灵魂在控制中

在我的庙堂里叩问
月亮蛇在哪里，黑暗之舌在哪里
像骨头解开，树叶飘落
谈及一个你不相信的未来

问问是谁掌管着风儿
问问什么是神圣的

难道你没有倦于毁掉
那些死期已经被预言
并且因此而已然死去的人么？

难道你没有倦于想要
永远活着？

难道你还没有倦于说着"向前"？

◆

你可能会纳闷为什么我不向你描述这里的风景。
这座岛屿及其补充物，矮树丛，独特的岩床，丰
富的气候与落日景观，大片的白沙滩等等。（对此
我没有责任。）旅游小册子会做得更好，而除此之
外，它们还包含几幅极其闪亮的插图，它们如此
之真切，你几乎能够感到要是实际上到了那里你
会厌倦的。它们遗漏了昆虫和漂流瓶，但是换了
我我也会这么做；所有的广告都带有倾向性，包
括这一个。

你有一个机会，研读某个地方，在你来到之前：
即使考虑到失真，你也知道你会遇到什么。而你
不在邀请之列，只是被诱引而至。

可我为什么要找借口？为什么我应该向你描述这
里的风景？你住在这里，不是吗？我的意思是就
现在。你自己看吧。

◆

你站在门边
明亮如一幅圣像，

你穿着胸甲，
凹陷缩进的肋骨
样式，下面，柔软的腹部

被雕刻在光滑的青铜上
它如此适合你，差不多
像一块真正的皮肤

你不可渗透
带着希望，它使你坚硬，
这快乐，这期待，在你的掌中
闪着微光如同斧子

如果我允诺了你所说的
你的愿望，即使是在这一天

之后，你还会伤害我吗？

如果你做了我会害怕你，
如果你不做我会轻视你

让我恐惧，还是被我轻视，
这些是你的选择。

◆

这么多事物，我想要
你能拥有。这是我的，这棵
树，我给你它的名字，

这是食物，洁白得如根，鲜红的，
生长在灌木丛，在沙滩上，

我也把这些名字拼读给你听。

这是我的，这座岛屿，你可以拥有
这些岩石，植物
伸展着它们自己，平铺在
薄薄的土地上，我放弃它们。

你可以拥有这水流，
这肉体，我放弃，

我注视你，你声称
你没觉察，
你知道如何获取。

◆

压住我的双臂
压住我长发间的头颅

嘴巴凿开我的脸庞
与脖子、手指摸索着深入我的肉体

　　　（放开，这是勒索，
　　　你强迫我的身体坦白
　　　太快也
　　　太不完善，它的词语
　　　哑默而破碎）

如果我不再相信你
这就成了厌恶

为什么你需要这个？
你想要我承认什么？

我的脸，我别的脸
伸展着穿过它如同
橡皮，像花朵打开
又闭合，好似橡皮，
仿佛液态的钢铁，
像钢铁。钢铁脸。

看着我，看看你的倒影。

◆

这只拳头，枯萎了，被一根
链子穿过，挂在了我的脖子上
它希望盘踞
在我这里，命令
你的变形

死去的手指互相

抱怨着，拇指摩擦着
用旧了的祭月书

但是你得到保护，
你不咆哮，
也不改变，

在你嘴巴坚硬的槽缝里
你的牙齿依旧坚固，
拉链般形成一条银色的曲线；
一点都没腐蚀。

通过皮革下的两个洞
你眼睛的唱片闪着微光
洁白似黯淡的石英；
你等待

拳头结结巴巴地开口，放弃，
你是不可见的

你解开拳头的指头，
你命令我相信你。

◆

这不是某种可以被放弃的事物，
它必须放弃。

它放开我
我打开如一只手
腕关节处被切断

（是胳膊
感到疼痛

可是这被切断的手
这只手抓住了自由）

去年我戒除
今年我暴饮

没有内疚
那也是一门艺术

◆

你有瑕疵的身体，镰刀
留在胸膛上的伤疤，月亮形的标记，修补过的
　膝盖
仍然能弯下，要是你希望它弯

你的身体，碎裂了又修复

不很完美，被战争
损毁，但尽管那样
移动时也保持如此的灵活和闲适

你的身体包括了一切，
你做过的，你曾对你
做过的然后超越了它

这不是我想要的
但我也想要如此。

◆

这个故事是另一个旅行者告诉我的，刚好经过这
儿。故事发生在异国，就像每件事那样。

当他年少时，他和另一个男孩用泥浆制作了一个
女人。她始于脖子，结束于膝盖和手肘：他们只
顾及了必要之物。每个阳光灿烂的白天他们都会
划船来到这个小岛，她就住在这里，下午时分当
太阳温暖了她，他们便与她做爱，沉迷于她柔软
潮湿的肚腹，在她被虫子蛀过的棕色肉体上小草
已经生根。他们轮流与她做爱，他们不嫉妒，她
也喜欢他们俩。然后他们会修补她，把她的臀部
堆得更宽阔，增大她的乳房用闪亮的石子做乳头。

他对她的爱是完美的，他可以对她说任何事情，
在她身上，他倾注了他整个的生命。她在一次突

如其来的洪水中被一扫而空。他说过，自那以后，
再也没有女人与之匹敌。

这是不是你希望我成为的，这个泥浆女人？这是
不是我希望成为的？这多么简单。

◆

我们走进雪松树林
打算偷欢，这儿没有人

但是这些自杀者，返回到
鸟的身形
他们有着刀嘴形的蓝色
羽毛，他们的喙如同刺伤，他们的眼
红红的如死者的食物，他们单一的
彩虹般的音符，
发出抱怨或警告：

万物皆灭，他们说，
万物皆灭。
他们的颜色刺穿了树枝。

别在意他们。躺到地上
像这样，像这个季节
完满却不是他们的；

我们的身体伤害了他们，

我们的嘴品尝梨子，油脂，
洋葱，我们吃下的泥土
对他们来说还不够，
肌肤下的脉搏，他们的眼睛
迸射着怒火，他们渴：

"去死"，他们低语，"去死"，
他们的眼睛烧毁了
他们自己如同星星，冰冷无情：

他们不关心谁的
鲜血充满了这陡峭的沟渠
他们被埋在这里，树桩穿过
心脏；只要有
鲜血就行。

◆

我畏惧的不是你而另有
其人，能穿行于肉体，
乃二维之女王。

她戴一条小小牙齿穿成的项链，
她知道这仪式，她获取结果，
她想要它变成这样：

别站在那里
带着你的死绵羊祭品，

大木块，小孩子，鲜血，

你潮湿的眼睛，你的身体
温柔而紧绷，充满爱，
假设我对此无能为力

只有接受，接受，接受。
我不是大海，我不是纯粹的蔚蓝，
我不必接纳

你抛给我的一切。
我遮蔽我自己，像一只眼睛那样聋，
像一个伤口那样聋，它什么

也不听，除了自身的痛苦：
从这儿滚开。
从这儿滚开。

◆

你认为最终你是安全的。不幸的遭遇、谎言、损
失和巧妙的离开之后，你做着大多数老兵喜欢做
的事情：你正在写一本游记。在这幢古老但不再
神圣的中型砖楼的幽静里，每个早晨你都消失在
你的一小片白色土地当中，边走边填充这些危险：
那些带着险恶的花朵诱惑你抛开痛苦的人，你被
迫弄瞎腹股沟的危险而多毛的眼睛，那些你误以
为是朋友，那些食人肉者。你加上细节，你把死

者涂成红色。

我把东西放在盘子里带给你，通常是食物，有时会是一只耳朵，一根手指。你相信我，所以你不再小心谨慎，你沉溺于你的回忆录，你再次横渡那些险恶的海洋；在你的故事、你的疾病的控制下，你无依无靠。

但是还没有完结，那个传奇。新鲜的怪物已在我头脑中繁衍。我试着警告你，尽管我知道你不会听进去。

艺术不过如此。预言不过如此。

◆

当你什么都不看时
你在看什么？
谁的脸漂浮在水面
溶解如同一只纸盘？

这是第一个人，记住，
这个人你以为你已把她
连同家具一起抛弃了。

另一场战争之后你回到她那
看看到底发生了什么。
现在你很困惑

是否要再做一次。

其时，她坐在她的椅子里
起伏不定
像一副内胎或一个母亲，
呼气，吸气，

被碗环绕着，碗，又是碗，
来自求婚者的礼物
他们在厨房里度过美好时光

等待她决定
关于今晚的对话
将有得体的表达
将包括茶和性
二者同时被优雅地分发。

她策划，她编织
历史，它们从来就不对，
她不得不重做，
她正在编织她的版本，

一个你会相信的版本，
一个你将听到的孤本。

◆

圣鸟在此，

幼虫般洁白，固体的血
在它们的头部和颈部颤动

它们吃种子和泥土，住在一间小房子里，
产蛋，每一颗蛋爆裂
一轮黄色的太阳，壮丽
似午餐，挤出来，
只有一个词适合它，屎，
它可以自己转化为甜菜
或牡丹，假如你喜欢。

我们也吃喝
并长胖，你不满足
于此，你想要更多，
你想要我告诉你
未来。那是我的工作，
工作之一，但我建议你
不要得寸进尺。

了解未来
一定有一个死亡。
把斧子给我。

正如你看到的
未来是一团糟，
内脏满院子缠绕着
而那只阴险的橙色蛇眼
从黏糊糊的草地向上瞪视着

圆得像个靶子，停止的
死，激烈如爱。

◆

现在是冬天。
在冬天我指的是：洁白，寂静，
艰难，你没预料到，

它不应该出现
在这种岛屿上，
而且以前从未有过

但是我是一切愿望
都得以实现的地方，
我是指：一切愿望。

对你来说是不是太冷了？
这是你所请求的，
这寒冰，这水晶

墙壁，这个谜。你解答它。

◆

重要的是故事。别告诉我，这不是一个故事，或
不是同一个故事。我知道你已经实现了你承诺的
一切，你爱我，我们直睡到正午才起来，并将一

天中其余的时间花在了吃喝上，食物好极了，我不否认。但是我担心将来。在这个故事中，一天，这只船儿从地平线消失，仅仅是消失，并且，它并没有讲到然后发生了什么。更确切地说在这个岛上。我害怕的是动物，它们并非契约的一部分，事实上，你没有提及它们，它们可以自己变回人形。我真的是不朽的吗？太阳在乎这个吗？当你离开，你会把这些词语还给我吗？不要回避，不要假装你终究不会离去：你在这个故事中离开因而这个故事是无情的。

◆

有两座岛屿
至少，它们并不排斥彼此

在第一座岛上，我是正确的，
事件自己发生着
几乎没有我们，

我们打开，我们闭合，
我们表达快乐，我们继续
如常，我们守候
征兆，我们悲哀

如此等等，它完了，
我是对的，它又开始，
这次更急剧也更快速，

我不需要看也能讲述，动物，
变黑的树，抵达者。

身体，词语，来了又去，
我可以倒背如流。

第二座岛屿，我一无所知
因为它从未发生过；

这个陆地是未完成的，
这个身体不可逆转。

◆

我们步行穿过一块田地，这是十一月。

野草枯黄，淡淡地
发灰，苹果

依然在树上，
它们是橙色的，令人惊异，我们站在

死去的榆树旁的一丛杂草里
我们仰面朝上，潮湿的雪片
落在我们的肌肤上，融化了

我们从彼此的嘴里
舔着消融的雪花

我们看到了鸟儿，它们中有四只，飞走了，而

一道小溪，尚未封冻，在泥泞里
它的旁边，有一头鹿的足迹

是
/
否

一

爱并非一种职业
体面或相反

性并非牙科医术
刮刀充满了疼痛和洞穴

你不是我的医生
你不是我的治愈,

没有谁有那种
权力,你仅仅是一个同伴/旅行者。

放弃这医疗关系,
扣子紧扣,专心致志,

允许你自己发怒
也允许我有我的怒火

它既不需要
你的认可也不需要你的惊奇

它无须被认定为合法
它不针对一种疾病

而只针对你,
它无须得到理解

或洗涤或烧灼，
相反，它需要

被说出来，说出。
请允许我用现在时。

二

我不是一名圣徒或一个跛子，
我不是一块伤口；现在我要看看
我是否是个懦夫。

我丢掉了我的好态度，
你不必吻我的手腕。

这是一次旅行，不是一场战争，
没有成果，
我弃绝预言

和阿司匹林，我放弃未来
就像我放弃一本过期的护照：
照片和签名消失了
连同假期与完全的返回。

我们被困在了这里
在疆界的这一边
在这个有着旧街破屋的国家

这里没有什么引人入胜
季节也寻常

这里"爱"仅以其纯粹的形式发生
在廉价的纪念品上

这里我们必须慢慢地行走，
这里我们可能哪里也去不了

或什么也干不成，这里我们继续走着，
争取着我们的方式，我们的方式
不是离开而是通过。

吃
火

一

吃火

是你的野心：
吞下火焰
把它放进你嘴里
并把它向前射出去，一声大喊或一条发着白光的
舌头，一个词
从你里面爆炸，带着金色、深红色，
展开一条闪耀的卷轴

从一根根血管的
内部燃亮

成为太阳

（一位杂耍艺人的教诲）

二

路边死去的男人
从翻倒的卡车里抛出
或被什么东西击中，一辆汽车，一颗子弹

他的脑袋上，头发泛红
里面的血液被点燃了，
火焰短小的蓝色荆棘依然在他之上颤动

值得吗？问他。
（你救过人吗？）

他起身走开，从他身上
长出的火如同毛皮

三

这里的孩子们有个习俗。邪恶的庆典过后，他们
带着曾经闪耀着如此痛苦而欢乐的那些闲置的头
颅，把它们从桥上扔下，观看这破碎，橙色，当
它们击中下面。当你讲述时我们正站在桥下。人
们对自己就会那样，当他们被终结时，光被舀出。
他在这里着陆，你说，并用你的脚做着记号。

你不会那么做的，被舀空，你不会等待，你会在
光依然在你之中时跳下。

四

这是你的骗局或奇迹，
被消耗并上升
完好无缺，反复不断，即使神话也有
一个限度，在你完成
失败并从火焰里
缺了皮肤返回。

新的眼睛是金色的

癫狂的，是鸟或狮子的眼神

通过它们你看到
一切，就如你所愿，
每个物体（湖，树，女人）

带着你的爱美化，在它的生命中
闪耀，它的痛苦，如同波浪，泪水，似冰，
像肉体裂开露出骨头。

五

成为太阳，移动着穿过太空

遥远而冷漠，给予着
某种光，为那些观看者

学习以这种方式
生活。或不这样。选择

依然作为人类，肉体
必死并凋谢，无力拯救

它自己，祈祷着
当它坠下。以它自己的方式。

预兆四种

一

漫步湖岸，脚粘着烂泥，下着雨，
在肮脏的冰水或鹅粪色的
草地上，你说出的话不会优雅。

去那里时的车流，难以辨别，填满
潮闷生活的有色金属。

栅栏附近，胖男子带着双筒望远镜
蹒跚着向后，用商店面包喂食
一群默从的鸟儿。

公共浴室，斑驳的墙壁，满是涂鸦，
未经修补，呆滞在这个冬天里。

二

尽管你的身体装在沉重的大衣里
它依然是一个身体：袖子对我承诺

胳膊，口袋放松它们的双手，
这只手中的掌纹隐藏着一个未来

我仅仅通过触觉
来解析，轻轻而急促

盲人一定依据于此

三

防波堤上的海鸥，尖细的声音映衬着
岩灰色的湖面。我们的部分，和我们

截然不同，"这"，我们说，有着
湿皮肤，湿衣服的味道，具体指定，

我搜集你，耳朵，衣领，<u>丛丛</u>潮湿的毛发
突然显露在你脸上的皱纹

你比我想要的更多，
这是新的，这对真的贪婪。

四

我们什么都没有计划
或已理解到这一点了。没有词语，
没有庇护所

        在这里
在野外，天空已释放了一只猫头鹰
向下漂移并停住

现在，羽毛温暖了雪，
它钩状的爪子握住了树枝。

用它半睁半闭的食肉动物的

眼睛它祝福我们：

　　　　嘴巴压着喉咙

预兆：温柔的猎人。

白色映衬下的头

一

嘴唇，鼻子，额头的迅疾的曲线
竖起的下巴
刺出：一个军人的姿态。

脸被封住，牙齿与眼睛被遮挡，
身体被遮盖着/肌肉冻结关闭。

"活过来，"我的双手
向你恳求，"请活过来。"

下颚上的疤痕，暗示
一桩次要事件，卵形的

凹痕在头骨上
我的手指回到它，触觉暗示，珍爱它
好像这伤口是我自己的。

二

你脸的样子
解离并破碎：

自信的上翘的嘴巴，眼睛
蜷伏在眼窝中，重伤而骇人的浅蓝，

在一个屋顶的边缘保持平衡的男人

在他倾倒的前一刻，并非不能
移动，重回到地面，在你的重量下地板

剥开，后退，把你独自
留在沉默的空气中。

"好了。"这个魔术失败了。

成为天空没有用，
弯腰并观看着。

三

那些日子里，我们有谣言，关于北极或高山
当风雪最终停止
而救援队
带着他们的工具和快乐的马达

出来，驱赶幸存者
将他们从寒冷的庇护所，冰封的
隐居地，遣返到色彩
强烈和强制生活的土地上

当然，这是他们发现的第一个迹象：
这张脸，僵硬而凶狠
带着舍弃的表情，漂浮着经过
                                变软的白色岩石
像雕刻的被埋了很久的神，

被揭示的词语

四

在皮肤的固定表面下：损坏了的脸
塌陷进它自身

我不可能和你一起走回
有着这些毁损的国度。

你躺在这里，安全，被照顾，是发生
在别处的一场战争的受害者，

你的身体为你回放着
沙漠，丛林，腐烂的树叶

的气味，鲜血的刺鼻的酸味，
错误，交叉点，

事实连着事实，事故
或许从未发生过。

"打碎它，"我告诉你，"打碎
它。"地质赢了。陈腐的

历史分层逼迫你，
石头的单调。椭圆形框架。

五

镜中，脸对着玻璃脸，
正午，冬日的光线击穿

窗户，你的眼睛闪亮，城市
在我们身后苍白地燃烧。血
在溶化的皮肤下流淌。

为了移动，越过镜子的边缘，抛弃
这些伤疤，勋章，为了宣告

你自身的肉体。现在

                    成为这
燃烧的男人，双手张开并
伸出，不是空的，给予

时间/从这些变得坚硬的
时刻里，这些老兵的
脸孔，葬礼

逼真耸立。

一切中唯一

不是一棵树而是这棵树
我们看到了，它将不复存在，被风吹折
　　　　　　　　　并屈身
又像那样。随后，那将从地球上

推开，使之成为夏天的，将不会是
青草，树叶，循环，而必须会有
另外的词语。当我的

眼睛合上，语言消失。这只猫
阴阳脸，一半黑色，一半橙红
窝在我破旧的毛皮大衣里，我喝茶。

手指在杯身上弯曲，不可能
复制这些滋味。桌子
和奇特的盘子温润地发光，消耗着它们自己，

我留意你，你出现
在这个冬日的厨房，任意如树木和句子，
进入我，像它们那样褪色，迟早你会消失

但是你独自跳舞的方式
在瓷砖地面，伴着一支破旧的歌，平淡而哀伤，
却如此快乐，一只手挥舞着勺子，一缕缕
　　　　　　　　　粗糙的头发

竖起在你的头上，你令人惊讶的
身体，愉悦我。我甚至能说出它，

尽管只有一次而且不会

持久：我想要这样。我想要
这样。

八
月
末

这是李子的季节，夜晚
湛蓝、膨胀，月色
朦胧，这是桃子的季节

它们繁茂的分裂的球
在黄昏闪光，苹果
落下并甜蜜地
腐烂，它们棕色的皮肤纹理分明如腺体

不再有尖锐的声音
喊着"要"，"要"
自寒冷的池塘里，像刀片
又急迫如新生的青草般

现在，是蟋蟀
嚷嚷着"熟了"，"熟了"
在黑暗中欢唱，当李子

滴落到我们窗外的
草坪上，突然发出
一种浓稠糖浆的声音
沉闷而缓慢

空气依然
温暖，肉体在肉体上
移动，并不

匆忙

祖先们的书

一

祖先们的书：这些野蛮者，有着卷曲的
胡须和公牛脑袋。这些日益扁平，
因仪式而柔弱的人。这些因迷狂或
痛苦而扭曲的人。这些人携带着
刀子，树叶，蛇

        还有这些，离我们更近
铜鹰人弓身在这蹲伏的岩石
金字塔上，饰有羽毛和
鸟喙的牧师们压住他的胳膊
和双脚，从他打开的肉体内
心脏被割破，并被高举到因他的血
而变得鲜红又宽广的
太阳下，在依旧饥饿的天空中发光

不管他是谁，这都是
一种意志的行动：

    生命获释
仅通过他，供奉，肋骨自己
伸展，骨头花瓣，
心脏释放并闪烁在
有利爪的手中，一把把液体的
火焰加入了那些其他的火
在眼睛被献祭前的一刻
如长着羽毛的星星，迸发在描画过的

边缘黑暗里。

二

对神和他们
不变的请求这么多。我们的请求，从前的
请求，死亡的图案
模糊不清如同一种考古学的
碎片，这些破庙
墙壁上的壁画
我们现在看它，却几乎不能
将其拼凑到一起

历史
终结了，我们发生
在一个季节里，一个未被划分的
空间，没有必要

合上我们，扭曲
我们。我靠在你后面，嘴触到
你的脊椎，我的胳膊环抱
你，手掌按在心上，
你的血在我的手下流淌
不息，迅疾而致命。

三

隆冬时节，窗户
因吹雪而明亮，火焰
在窗棂内燃着

　　　地板上，你的身体
那样曲着：一种古老的姿势，脖子松弛，胳膊
甩到了脑袋上方，要害的
喉咙和肚子展露着
毫无防备。光滑过你，
这不是一座祭坛，他们不是
在表演或观看

你完整无缺，你转身
朝着我，你的眼睛睁开，眼神
复杂且易于受伤，轻轻地，

你朝我打开你自己，他们
所尝试过的，我们
也尝试，但从前
从未做过——没有血，被杀死的
心脏——冒
那种险，奉上生命并保持

活着，就像这样，敞开自己并变得完整。

诗：1976—1986

选自
《双头诗》
1978

一只纸袋

与往常一样，用一只纸袋
我做了一颗脑袋，
把它拉到锁骨边，

在我的眼睛附近画一双眼睛，
有着紫色和绿色的
长钉形睫毛以显示惊奇，
一根拇指形的鼻子，

在我的嘴边画一张嘴
用铅笔略加修饰，然后
着上浅红色。

有了这颗新脑袋，现在身体
如同一只长袜抻开，竭力伸展到
可以再次起舞；如果我做一条
舌头，我就能歌唱。

一条旧床单就是万圣节；
但为什么它更坏或更
令人惊恐，这徽章脸的头
头发四四方方的还没有下巴？

像个傻瓜，它没有过去
并总是进入未来
通过它眼睛的细槽，带着
它浓浓的微笑，迟钝着摸索着
如一根持久快乐的触须。

277

纸脑袋，我更喜欢你
因为你的虚空；
自你内部任何
词语都仍然可以说出。

有你我能够拥有
不只一层皮肤，
空空的内部，一连串
不为人知的故事，
新鲜的开始。

不
能
忍
受
其
有
毛
病
的
心
的
女
人

我的意思不是说，爱的
这种符号，一颗心形糖果
装饰着蛋糕，
也不是说这颗心应该
要么适应要么破碎

我是说这组肌肉
皱缩如一块去皮的二头肌
蓝紫色，有着板油的外皮，
软骨的表皮，这离群索居，
这穴居的隐士，无壳的
海龟，这一肺的血
不满盘的快乐。

所有的心漂浮在它们自己的
无光的深海，
潮黑而幽亮，
它们的四张嘴像鱼一样吞咽着。
心据说会怦怦跳动：
这是被期待的，这颗心
有规则地反抗沉沦。

但是大多数的心说，我要，我要，
我要，我要。我的心
则更为狡猾，
尽管再没有孪生的另一个，如我曾料想。
它说，我要，我不要，我
要，然后，一个休止。

它迫使我倾听，

在夜里它是红外线的
第三只眼睛持续睁着
当其他两只眼沉睡
但它拒绝说出它看到了什么。

一种持续的纠缠
在我的耳中，一只被逮住的蛾子，挣扎的鼓，
一个孩子的拳头
在弹簧床上的敲打：
我要，我不要。
一个人怎么能够忍受这样一颗心？

很久以前，我放弃了对它
歌唱，它永不满意，永难平静。
某一夜我会对它说：
心儿，请安静，
然后它就安静了。

为玩偶而作的五首诗

一

在墨西哥，玻璃后面
这只泥娃娃的双唇
后咧作恐吓状；
尽管它围着美丽而布满灰尘的披巾，
它希望自己是危险的。

二

看看玩偶们怎样怨恨我们吧，
它们有着凸起的前额
和小小的下颚，它们扁平的身体
从不容许隆起和增大，
还有它们坏小子的脸。

这不是一个微笑，
这有光泽的嘴巴，两枚未发育好的牙；
玩偶凝视我们
用被拍摄到的杀手的眼神。

三

只要有人在
就总是有玩偶。
在垃圾堆和废弃的寺庙里
玩偶积聚；
大海也被玩偶填满。

它们因何而来？
它们莫非是神，无缘无故，
某种你不得不说话时
就和它交谈的东西，
某种扔向墙壁的东西？

一只玩偶是一个目击者
不死的，
有一只玩偶你就永不会孤单。

在地下长长的旅途中，
在那双头船上，
永远都有玩偶在。

四

或者是我们创造了它们
因为我们需要爱上某人
而不能互爱？

毕竟，那是爱，
蹭掉它们灰色脸颊上的表皮，
弄残它们的手指，
扯乱它们，褐色或暗金色的头发。
仇恨只会把它们击碎。

你变了，但我为你
做的玩偶继续活着，

一副洁白的身躯倚靠着
在一扇阳光照射的窗口，容颜
随时间磨损，
凝固在单独一天的
憔悴的姿势里，
在它石膏的手中握着的
那是我，你的玩偶。

五

或者：所有玩偶
来自尚未诞生、
几乎诞生的国度；每个
玩偶都是一种未来
死在根里，
一个声音只是
在喘不过气来的夜间被听见，
一件荒凉的白色纪念品。

或者：这是些失去的孩子，
是那些已经死去或长得
够大而离去的孩子。

这些玩偶是他们的灵魂或蜕下的皮
填塞我们的卧室和博物馆的
架子，伪装成过时的玩具，
我们悲伤的形象，
在他们周身脱落的
五英寸的灵薄狱。

为祖母们而作的五首诗

一

在毗邻大洋的峭壁上的
这座屋子里，还有一只贝壳
比你的脑袋更大更轻，虽然如今
你几乎不能够把它举起。

它曾充满沙沙声；
它曾是一枚号角
你曾像个萨满教巫师似的吹响它
为流年祈福，
而你的孩子们就会跑过来。

你已忘了你曾那样做过，
你已忘了那些无论如何不再跑动的
孩子们的名字，
而今大洋已退却，
抛下一片布满灰色石头的崎岖海滩
让你为散步犯难。

这只贝壳如今成了一个洞穴
只对你单独打开。
它仍然充满沙沙声
漏进这间屋里，
即使你把它的口向下倒扣着。

这是你的房子，这是你
朦胧的丈夫的照片，这些是你的孩子，交错网罗

成双成对。这是那贝壳，
坚硬，依旧在那儿，
结结实实地在手中，悲叹着，供奉
它自己，如同一个狭窄的旅程
沿着它冰冷珍珠的走廊
下到峭壁进入大海。

二

不是事物本身
遗失了，而是它们的用途与操作方式。

先是梯子；海滩；
御防风暴的护窗，地毯；

盘子，每天清洗
过了这么多年，图案
已失去光泽；地板，楼梯，你自己的
手臂和双脚，你认为
它们的工作定义了你。

毛刷，煤油炉
身负多种故障，
苹果树和地窖里
装苹果的大桶，
苹果的果肉；对果肉的
鉴定，褐色

蝇头小字的食谱
上面留有那些传阅者的
名字：格莱蒂丝，
罗娜，温妮，珍。

要是你能够让她们回还
或者记起她们是谁该多好。

三

最终我对你的了解
少得可怜：

你站立在十九世纪
杨格大街的时刻，离家
一千英里，带着一只褐色钱包，
一个男人偷走了它。

六个孩子，五个活下来。
她从不谈论有关
那些生者和一个死者的任何事；
她的嘴巴服下了一味
既不能道出又不能忽略的痛苦。

她往往有这样一种喜感。
得了吧姑娘们，她会说
当我们逗她。
不过，为什么她的愤怒

会弄卷你的头发
尽管她从不咒骂。
她会说的最糟糕的话是：
别犯傻了。

八十岁上她拔了两颗牙
烈日下步行四英里
回家，双脚搁在
她自己屈身形成的影子里。

这些工装印花布围裙，这堆红色
花边礼服，别针
我六岁时在你的第二张橱柜里找到
白玻璃珠子做的，星形。
我们还谈论过什么
除了食物、健康和气候？

儿子们枝节横生，然而
一个女人只伸展为另一个女人。
最终我理解了你
通过你的女儿，
我的母亲，她的姐妹，
以及通过我自己：

这是你吗？这尖刻的玩笑
是我开的？这些是你长长的手指么？
你的头发蓬乱如一只邋遢的鸟儿，
这是你被激怒的

目光吗？这
不会让步的紧握？

四

某种仪式
为了你的日渐萎矮
某种龙，小小的，
温和的，木制的
用两张嘴去捕捉你的灵魂
因为它彷徨如
一个迷路的小孩，平安地把它带回。

但我们一无所有；我们说，
她怎样？
不太好，我们回答，
尽管某些日子里她还不错。

另一些日子里，你迈步
出了房间的门
出了你已待了七十多年的屋子
发现你自己置身一条走廊
你知道这走廊你以前从未见过。

午夜，他们发现她
把冰箱的门打开
又关上：
隔日的蔬菜，一个动物

被食用过的骨头，以及那
通向北边的白色冰道的壮观远景。

他们说，母亲，
你在这儿干什么呢？

什么也没有干完
或储存好，她回答。
我不知道我在哪儿。

对抗外形的
消失，对抗
声音的消失，
对抗耳朵和眼睛的
失灵模糊，对抗垂垂老矣者
的各种小恐惧，说话含糊
不清的恐惧，临终的恐惧，
从楼梯上摔下来的恐惧，
我制造了这个符咒
用纸张而非他物；完全
不管用。

五

别了，我母亲
的母亲，我得以降生的
古老的骨头隧道。

你正在沉入到
你自己的血管中，手指
折合拢进这只手，

一天天，一种缓慢的退却
藏在你面庞后
坚硬，如网包罗，如一只古代的盘子。

你将闪烁在这些文字里
也将闪烁在别人的文字里
只一会儿然后就熄灭。

即使我把它们发出去，
你也将永远不会收到这些文字。
即使我再见到你，

我将永远也不会见到你了。

嫁给绞刑吏 [1]

她已经被判处绞刑。一个男人可以通过成为绞刑吏，逃过这种死刑；一个女人，则可以通过嫁给绞刑吏而免死。但是，目前，没有绞刑吏；故此，无处可逃。只有一死，无限期地拖延。这不是幻想，这是历史。

★

住在监狱里，就是住在没有镜子的地方。没有镜子的生活就是没有自我的生活。她没有自我地生活着，她在石墙上发现一个洞，而墙的另一面，有一个声音。声音来自黑暗中，所以没有面孔。这声音便成了她的镜子。

★

为了避免她的死，她那特殊之死，被绞断的脖子肿胀的舌头，她必须嫁给绞刑吏。但是，没有绞刑吏，首先她必须创造他，她必须说服声音那端的男人，她从未见过这声音，这声音也从未见过她，这黑暗，她必须劝说他丢开他的面子，用它交换非人的、有目无口的法定死亡的面具，这一个黑暗的麻风病人的面具。她必须改造他的双手，好让它们乐于搅动环绕那像她的那样被选中的喉咙上的绳索，除她之外的别的喉咙。她必须嫁给

1　在18世纪魁北克，对于被宣判死刑者，逃避绞刑的唯一的途径是，一个男人，成为一个绞刑吏，或，一个女人，嫁给绞刑吏。佛朗索娃·劳伦，因偷窃被判绞刑。她劝说邻近囚室的让·柯罗莱申请刽子手空缺位置，并和她结婚。——原注

绞刑吏否则她嫁谁也不成，但那并不怎么糟。还
有谁可以嫁的呢？

★

你想知道她犯下的罪行。她被判死刑因为她从她
的雇主、她雇主的妻子那里偷衣服。她希望使自
己更美丽。作为仆人，这个愿望是非法的。

★

她用她自己的声音，像用一只手，她的声音穿过
墙壁抵达，敲击和触摸。她可能说过的什么会使
他确信呢？他并未被判处死刑，自由等着他。这
诱惑是什么，这生效的诱惑？也许他想要与一个
女人生活，一个他救过她的命的女人，一个已经
看到了入土的一天然而却跟随他返回人间的女人。
这是他仅有的，至少对于一个人而言成为一个英
雄的机会，因为如果他成为绞刑吏，其他人将轻
视他。他入狱是因为他弄伤了另一个男人，他用
剑伤了那人右手的一根手指。这也是历史。

★

我的朋友们，她们都是女人，告诉我他们的故事，
令人难以置信却是千真万确。都是些悲惨的故事
而它们都没有在我身上发生，它们还未在我身上
发生，它们已经发生在我身上了但我们被分离了，

我们带着恐惧观看我们的疑惑。这类事情不会发生在我们身上，现在是下午，而这些事情不发生在下午。麻烦的是，她说，我没有时间戴上眼镜而没有它们我就同蝙蝠一样盲，我甚至看不清人。这些事情发生而我们坐在一张桌边讲着关于他们的故事所以我们最终能够相信。这不是幻想，这是历史，有不止一个绞刑吏而因为这个他们中的一些人失业了。

★

他说：墙壁的尽头，绞索的尽头，打开的门，一块地，风，一所房子，太阳，一张桌子，一只苹果。

她说：乳头，胳膊，嘴唇，红酒，肚子，头发，面包，大腿，眼睛，眼睛。

他们都恪守了他们的诺言。

★

绞刑吏不是一个坏小子。后来，他走向冰箱并将剩菜打扫干净，尽管他没有擦去偶然的溢出物。他只是想要这种简单的事物：一张椅子，有个人脱掉他的鞋子，当他讲话时，有个人看着他，带着崇敬和害怕，如果可能，也带着感激，有个人在家里，能让他自己全身心休息并恢复精力。这些事物能最好地通过与一位因向往美丽而被其他男人判了死刑的女人结婚得到。有着一个宽大的选择。

★

每个人都说他是个愚人。
每个人都说她是个智妇。
他们用了这个词——诱捕。

★

当他们第一次在一个房间里单独在一起时，他们说了些什么？当她移开她的面纱而他能看到她不是一个声音而是一个身体因而是有限的时候，他又说了些什么？当她发觉她已经离开一个锁着的房间去另一间屋时，她说了些什么？他们谈论爱，自然而然地，尽管那永远也不会让他们忙忙碌碌。

★

事实是，没有什么故事，我可以告诉我的朋友们，使她们快慰。历史不能被抹除，尽管我们能通过思考它来抚慰我们自己。在那个时代，没有女绞刑吏。也许因为从未有过，所以，没有一个男人可以通过结婚拯救自己的生命。可是一个女人可以，根据法律。

★

他说：脚，靴，命令，城市，拳头，道路，时间，小刀。

她说：水，夜，柳树，绳子头发，泥土肚子，洞，肉，裹尸布，开，血。

他们都恪守了他们的诺言。

四首小挽歌 [1]

（一八三八，一九七七）

一

波哈努瓦 [2]

青铜的时钟被小心地
从海外带来了，
它嘀哒作响，像一棵雪松，一位
老祖母肥大而缓慢的心脏，
它熔化了，它几百年的时光
碾过冰原而后冻结在那里。

我们被这只冰冻的钟固定
在冬天森林的边缘。
零下十度。
用一种外语的叫喊
下着蓝色的雪。

穿着单薄睡衣的女人们
无言地消失在树丛中。
这里，那里，一个形体，
一只柔软的布包袱，一个
没跟上的孩子

1 1838 年低地加拿大（今魁北克）起义失败之后，英国军队和志愿者联合军对波哈努瓦周围的平民进行了报复，烧毁房屋和谷仓，把居民们赶到雪地中，不许任何人保护他们，致使许多人冻死。男人们被视为叛变而被捕；那些没有家的男人被认定是叛军，他们的房子被烧毁。
　来自格伦加里的志愿军是苏格兰人，他们中的大多数在加拿大，是因为他们的房子也于高地清除运动——在卡鲁顿的英国胜利战的结果中被烧毁。达佛林、细密克和格雷是安大略的三个县的名字，是这一时期成立的。——原注
2 波哈努瓦（Beauharnois），加拿大魁北克省南部城市，位于圣路易斯湖南岸，在蒙特利尔市西南方 35 公里处。——译注

296

摊开四肢趴在一个雪堆上
在被踩踏的空旷地附近

没有人能够给他们衣服或庇护，
这些是命令。

我们没有伤害他们，男人说，
我们没有碰他们。

二

波哈努瓦，格伦加里 [2]

那些房子被烧毁的人
烧毁房子。一旦你开始了
还会发生什么呢？

    当屋顶塌陷
到根菜作物的地窖中，
他们追赶鸡鸭，任何一样他们能
抓住的东西，在岩石上
敲它们的头，朝它们吐唾沫，烧焦羽毛
在燃着的栅栏的火焰中，
大把大把地，啃吃它们，焦糊糊，
血淋淋。

1　格伦加里县（Glengarry County），位于魁北克与安大略交界处。——译注

　　　　　坐在雪地上
身穿打补丁的格子花呢披肩，摩擦他们麻木的
　　双脚，
吃着煤烟，仍然饥饿，
他们看着房子毁掉就像
观看日落，就像看着他们自己的
房子。再一次

那些下命令的人
已经在别的地方准备好了，
理所当然，是在马背上。

三

波哈努瓦

男人在吗，他们问，
他去哪里了？

　　　　　她不知道，尽管
她呼喊着他，当他们拽着她的双臂
把她拖出石屋
并点燃她的被褥时。

他和其他男人去了某个地方，
他没有被吊死，稍后他就回来了，
他们住在一间借来的小屋里。

一种语言并不仅仅是词语，
它是用这种语言
讲述的故事，
也是永远没有被讲述的故事。

自那以后许多年他
抽送自己进入她的身体
这没有双脚的身体
自那夜之后，也没有了手指。
他对已被做过的词语的
憎恨变成了孩子们。

他们尽他们所能：
她喂养他们，他只给他们
讲一个故事。

四

达佛林，细密克，格雷

这一年我们什么也没干
除了创造挽歌。
做你最擅长的事，
我们的父母总是告诉我们，
做你能做到的。

这就是我们所做的，
这些献给死者的歌儿。

你得赞美点儿什么。
鱼网破烂，船也腐烂，农场
归还给了蓟草，外国人
和夏天的人们羡慕这野草
和一堆堆石头，它们由那些三十岁上
就没有了牙齿的男人从田野里挖掘

但是这些挽歌新鲜而金黄，
它们甚至不是写出的，它们长出，
它们到处萌发，
从沼泽里，在水坑边上，
遍布停放汽车的
土地，它们悲哀
而甜蜜，像鲜花装饰的帽子
在我们从未想过会拥有的阁楼上。

我们搜集它们，把它们养在花瓶里，
浇灌它们，当我们的房子凋敝。

双
头
诗

"头连头，依然活"
连体婴儿广告，
加拿大国家展览会，大约1954年

有时候两颗头各自说话，有时
一起说，有时则在一首诗里交替着说。
像所有的连体婴儿，他们梦想分离。

一

嗯，我们感到
我们几乎到达了某处
尽管那里和我们一直
待着的地方怎么个不同，我们
不能告诉你

接着这件事发生了，
这玩笑或大地震，地球上
一道裂口，如今这地方
每件事物都向南倾斜
倒向辛辛那提崩塌后
留下的黑暗深渊。

这片瓦砾就是未来，
官僚的碎片，用过的
保险杠贴纸，公众的名字
像瓶子一样可以退回。
我们的碎片制造了我们。

降临到孩子们身上的会是什么，
更不必说我们
已经存储了十年至今的词语，
定义他们，冻结他们，把他们
储藏在地窖。
如果有人问我们是谁，我们回答
请向下看看那儿。

家族企业到此为止。
无论如何它太
微小了，如他们所说，办不成。

但是我们不期待这样，
鞋子的死亡，手指
从我们双手溶解，
舌头萎缩，
空空的镜子，
突如其来的变化
冰块变成稀薄的空气。

二

我们南边的那些人挥霍
他们的音节。他们撒播，我们
囤积。鸟儿
吃着他们的词，我们吃着
相互的，词，心脏，有什么
区别？债台

高筑齐眉，我们依然
天知道，对游客们彬彬有礼。
我们沏茶适当，拿刀的
方法正确。

嘲笑对你有益
当某个其他人已经垄断了
林木市场。

是谁告诉我们
如此令人难忘，
谁冒险
谁就有机遇？

三

我把你们看作一个
快乐大家庭，围坐在
一张旧松木桌边，闹着玩地
做生意，对来自足够远的地方的
陌生人热情周到。

至于我们，我们是近邻，
我们是俗人，爱好
栅栏和粉色铁草坪上的火烈鸟
你并不欣赏。

（所有的邻居都是野蛮人，

不说你也知道，
尽管你也有一只垃圾桶。）

我们动静太大了，
你们对我们毫不了解，
你们只希望我们搬走。

到我们的后院来吧，我们说，
友善而羡慕，
但是你们不来。

相反，你们之间
吵了起来，讨论着
家谱和抵押的事，
当我们不倦的烤肉野餐上的烟
熏黑了玫瑰。

四

调查人在此，
宣布他自己的必要性。
他来清扫你的心。

它是纯白的吗，
或它的里面有血？

停，这颗心！
从他的嘴里砍掉这个词。

砍掉这张嘴。

（删除：净化。
净化就是清扫，
也就是杀戮。）

这么长时间，我们的历史
只是用骨头写成。

我们的旗帜也已沉默，
被误认为没有旗帜，
也被误认为和平。

五

这是我们想要的吗，
这种政治，我们的心脏
被压扁并被串成一列吊起
从直升飞机的尾部？

我们以为我们正在谈论
一种确定的光
透过一间空房间的窗户，
一束光越过潮湿发黑的树干
在这个光秃秃的森林
刚好在春天之前，
一种明确的丧失。

我们想要描述雪，
这里的雪，在屋子
和果园的角落
用一种精确而秘密的
语言，这语言甚至不是
一种代码，它是雪，
不能翻译。

为拯救这语言
我们需要回声，
我们需要撤回
其他词，那些粗鄙的词语
四处泛滥它们自己
像大腿或八哥。

为了我们不再有被丢弃的
面包皮和被撕开的内衣裤的森林。
我们需要守卫。

我们的心脏如今是旗帜，
它们飘扬在我们能够
插上的每一台机器的末端。
任何人都能理解它们。

它们激起自豪感，
它们激发了标语和你能起舞的
曲调，它们比任何时候都更鲜红。

六

不管我们怎么看
只有一个宇宙，太阳

慢慢地燃尽它自己，无论
你说什么，是
那样的吗？这个男人
脖子以下深陷白热沙漠的
沙中，他不同意。

   现在，闭上你的眼睛，看：
   红太阳，黑太阳，寻常的
   太阳，阳光，太阳——
   王，日光肥皂，太阳
   是一枚蛋，一颗柠檬，一只苍白的眼睛，
   一头狮子，太阳
   在海滩，冰在太阳上。

语言，像嘴巴
把持它又释放
它，湿润而鲜活，每个

词语随年限
而起皱，因其他
词语和血液而肿胀，被数不清的传递它的
舌头熨平。

你的语言悬绕在你的脖子周围，
一根套索，一条沉重的项链；
每个词都是帝国，
每个词都是吸血鬼和母亲。

至于太阳，就有着和关于太阳的
词语一样多的太阳；

错还是对？

七

我们的领袖
是一个水男人
有着锡纸皮肤。

他有两种声音，
因此就有两个头，四只眼，
两根生殖器，八条
胳膊八条腿，以及四十根
脚趾和手指。
我们的领袖是只蜘蛛。

他诱捕词语。
它们在他的嘴里枯萎，
他丢下这些皮毛。

大多数的领袖为他们

自己说话，然后才
为人民。

我们的领袖为谁说话？
你怎能使用两种语言
并以两者一起表意？

难怪我们的领袖左躲
右闪，在热天里熔化，
在大海里腐蚀，像一面
镜子似的反射，
劈开我们的脸，我们的希望，
他是苦涩的。

我们的领袖是个妖怪
由死去的士兵缝成，
一个连体婴。

为什么我们该抱怨？
他是我们的，就是我们，
我们造出了他。

八

如果我是个外国人，如你所说，
代替你第二颗头，
你就会更礼貌。

外国人不在那里：
他们一再地从空气中通过
好像天使，不可见
除了他们的照相机，以及他们
带着陌生芳香的匆匆来去

但是我们彼此不是
外国人；我们是头骨内部的
压力，是岩石之间为
求得更多空间的斗争，
是挤压和退让，吝啬之爱，
是古老的憎恨。

为何恐惧那能够
切开我们的刀子，除非
它能切开的不是皮肤而是大脑？

九

你不能居住于此却不呼吸
别人的空气，
那过去常用来塑造
这些隐藏着的词语的空气不是你的。

这个词关闭
在一个小男人的嘴里
他被这条绳索和金/红的鼓声
勒死

这个词被驱逐了

这个词是个喉音字，
被裹在一根皮喉咙里埋葬
裹在一张狼皮中埋葬

这个词躺在
一座湖的水底
与一串珊瑚珠子和一只罐子一道

这个词骨瘦如柴，
一年又一年地
节食，只吃土豆，
有可能时才喝醉

这个词死于坏水。

一切都不会
永在，每个人
都想飞，这又是谁的
语言？

你想要空气
但不要和它一道而来的词语：
呼吸由你自担风险。

这些词语是你的，
尽管你从未说过它们，

你从未听过它们，历史
繁殖死亡但是如果你杀死
它你就杀死了你自己。

什么是叛徒？

十

这是秘密：这些心脏
我们供奉给你的，这些聚会
心脏（我们的双手
粘着形容词
与暧昧难明的爱，我们的微笑
气球般膨胀）

这些糖果心脏，我们邮寄
给你们，整整
一束心脏，大得像一个国家，

这些心脏，和你的一样，
控制着狙击兵。

一名微小的狙击兵，一颗心脏里有一名，
蜷缩如一条蛆，苍白的
侏儒，针头大小，玻璃眼的狂热分子，
等待被给予生命。

不久狙击兵们将在夏日

树林间开花，他们会吃
他们的针孔，通过你的窗子

（硝烟和粉碎的树叶，密集上升
多么混乱，湿红的玻璃
在鱼尾菊的边沿，
别让它这样，在它发生之前
我们说。）

同时，我们拒绝
相信我们心脏的秘密，
这些整洁的天鹅绒心脏，
合乎道德，如好运饼干。

我们的心脏是善良的，它们肿胀
如一场婚宴上的胃，
带着善意的浑圆。
晚上，来自外国的
消息渗入，
那些地方有着不安的水。
我们倾听这场战争，许多战争，
任何战争。

十一

的确在你的语言中
没有人能歌唱，他说，一只手
插在最小的口袋里。

那是一种语言，命令
屠杀和掏空猪的内脏，命令
计数一堆罐头。杂货
是你所能支付的所有。把灵魂
留给我们。吃屎。

在这些笼子里，有栅栏的板条箱子，
双脚牢牢钉死在地板上，喉咙下
柔软的漏斗，
我们为名词所迫，名词，
直到我们的舌头迟钝，好似橡胶。
我们始终只不过把这种语言
视为一种嘴巴的
疾病。也视之为
将治愈我们的医院，
虽然味道不佳却是必要的。

这些词语放慢了我们，在我们
之中磕磕绊绊，麻木我们，如果
没有这些缺乏自信的
微笑，道歉，谁能
甚至说一句开门？

我们的梦不过
是自由，一种对动词的
饥饿，一首
使液体飞升并毫不费力的歌，
我们的替身，在我们旁边

滑行于所有这些河流、边界之上，
在冰或云之上。

我们的另一个梦：成为哑巴。

梦儿不是讨价还价，
它们啥也不解决。

这不是一场辩论
而是一首
两个聋子歌手的二重唱。

女人与她有毛病的心和解

不是你瘸脚的节拍
使我不能原谅，也不是你秃鹫般
深红色的无皮的脑袋

而是你藏起来的东西：
五个词和我遗失的
金戒指，精美的蓝杯子
你说已被打碎了，
那一大堆的脸，灰白
交叠着，你宣称
我们都已忘掉了，
还有你吃掉的其他的心，
以及所有你对我隐瞒的被抛开的
时光，你说它从未发生过。

就是那样，而用这个法子
你不会被逮着，
狡猾的无羽鸟，肥胖的猛禽
唱着你沙哑的被刺穿的歌
你的爪子和贪婪的眼睛
高高地潜伏在落日熔化的
天空，在我的左边的衣胸后
猛扑向陌生人。

我告诉你多少次：
文明世界是一家动物园，
不是一片丛林，待在你的笼子里。
紧接着是血液的

呼喊，是狂怒，当你把你自己
掷向我的肋骨。

至于我，我会快乐地用双手
扼死你，
把你挤榨闭合，也榨出
你快乐的吠叫。
没有一颗心，生活会更安稳，
没有那不中用的徽章，
那生蛆的狮子、喜鹊、食人者
鹰、具有金属把戏的仇恨的
蝎子，那粗俗的魔法，
那大小与颜色如一只被烫伤的
老鼠的器官，
那被烧焦的凤凰。

但是，你已把我推得这么远，
老抽水机，我们像同谋者
那样一起上钩了，我们也
跟同谋者一样，多疑。
我们深知，除非有意外，
我们中的一个最终
会背叛另一个；要是此事发生，
进骨灰坛的是我，入玻璃缸的是你。
直到那时，那是一种不安的休战，
和罪犯之间的相互敬重。

至日之诗

一

一棵树粗笨地显现在
客厅，多刺的妖怪，来自荒野的
我们的人质，照亮这一年中
黑暗空间的序曲
今天，它再一次转向太阳
或至少我们希望如此。

外面，一棵死树
云集了蓝色和黄色的
鸟儿；里面，一棵活生生的树
闪着空洞的银色微光的
行星和饼干的脸孔，
咸盐与面粉，珍珠的
牙齿，锡制的天使，一头针织熊。

这是我们的祭坛。

二

在那放逐我们的白色山冈之外，
在不能看见这池塘的
白色眼睛的地方，地理

在崩溃，这个国度
分裂如同一座冰山，小集团
高叫着"谢天谢地"，摆脱大浮冰

当它们全部朝向南方融化，

而政治依然，是老鼠
平常的早餐。

所有的政客都是业余爱好者：
战争在他们心头如花朵在壁纸上
开放，大头针在他们的地图上高视阔步。
权力是午餐的红酒
和合身的细条纹布的套服。

没有业余的士兵。
士兵们给他们的枪套涂油，
绑住一切，
他们需要绑住的，他们吃饭狼吞虎咽。
他们轻捷地行军。

战斗将是局部的，
他们知道，也是致命的。
他们的眼睛快速闪动，从一个靶子
到另一个靶子：窗户，肚子，孩子。
目的是不被杀死。

三

至于女人们，她们不想
被卷进来，可还是被卷进去了。

是那雪地上的血
而事实证明不是
一些被棒杀的和机关枪射杀的
动物的，而是你们自己的血，
这就够了。

每个人都有一根编织针
插进腹部，一块红色的针垫
心脏扎满了大头针，
一个失去知觉的身体
有着比这个世界认为是安全的更多一个入口，
而且也没有那么多钱。

每个人都害怕她的孩子们
从别人的被杀死的孩子们中间冒出来。
每个人都对。
每个人都有一个父亲。
每个人都有一个疯母亲
以及一根淡蓝色泪珠的项链。
每个人都有一面镜子
当被问及时便回答"不是"你。

四

我的女儿噼噼啪啪地玩着纸，向树上
吹气，想让它活过来，用银色给她
自己装饰结彩。
迄今为止，礼物对她还没有什么

用处。

　　　　我能给予她什么，
什么盔甲，无敌的
剑或魔法，当那样的岁月来临？

我怎么教她
做人的方法
而不会毁掉她？

我想告诉她，爱
就够了，我想说，
在另一块肌肤上寻找庇护。

我想说，跳舞
并快乐着。可是我将说
用我干瘪的丑老太婆的声音，如果
必须，要残忍点，只要你能，
只要你能看清它，请
说出真相。

铁的护身符，虽很丑，但比起
镜子，却更忠实。

五

在这所房子里（在一座垂死的果园内，
它后面，是荒野的

321

一条支流，前面是一条路），
我的女儿跳着舞
摇摇摆摆地和一只针织熊一道。

她父亲，前士兵，
轻拍我的手臂。
磨损的语言堵塞我们的喉咙，
让我们很难说出
我们的意思，也
很难领会。

我们改为在里屋唱歌，升起
我们异教徒的
铺满橙黄色和银色花朵的祭坛：
我们愚人的野餐，我们的信号，
我们的火焰，我们的窝巢，我们易碎的金色的
对谋杀的抗议。

外面，群鸟的啼鸣
是我们清楚地听到
却尚不能明白的谣言。新冰
闪烁在枝头。
　　　　　　在这一年里的
昏暗空间，地球
再一次转向太阳，或者

我们希望如此。

沼泽地，鹰

败病而多余的
树木，被砍成碎段，扔
在这里，在太阳下潮湿而柔软，腐烂着
并且半被沙土掩埋，爆裂的卡车
轮胎，被遗弃，瓶子和罐头
被岩石和子弹击中，一座乱葬岗，
某人修造，在陆地蔓延
如同一块瘀伤而我们站立其上，有利的
位置，面朝沼泽地。

辽阔的绿色
芦苇荡，水面补缀，成形
刚好在目力所及之处，
风儿移动，移动它而它
躲避我们，日光
充足。从我们看不见的
地方，这种喉音般的沼泽地声响
难以渗透，非人类，
说出它们一个音符的
音节，令人厌烦而又
意味深长，如同神谕，并飞快地结束。

不会有应答，不会
有应答，尽管我们用
岩石击打它，一声溅泼，风
遮没了它；但是
侵扰并非是我们想要的，

我们想要它打开，沼泽匆匆
弯向一边，河水
会接受我们，仅仅是
揭示，简单如这只
上升的鹰，正迎着
太阳并进入
我们的视野，展翅和尖利的叫声
充满头颅/天空，这一幕，

会沉浸，将滑翔
穿过我们，皮肤的
消失，这是我们正在寻找的，
进入的方法。

一件红衬衫

（为鲁丝而作）

一

我妹妹和我正在缝纫
一件红衬衫，为我女儿。
她拼布，我缝边，剪刀被我们
递来递去穿过桌面。

孩子们不该穿红衣，
一个男人曾告诉我。
年轻的女孩不应该穿红色。

在一些国家，这是死亡的
颜色；有些国家是激情之色，
有些代表战争，有些代表愤怒，
而有些则表示流血的

献祭。一个女孩应该是
一块面纱，一片白色阴影，苍白
似水中月；不
危险；她应该

保持沉默并避免
红鞋子，红袜子，以及跳舞。
穿红鞋子跳舞会要了你的命。

二

但是，红色是我们与生俱来的

色彩，是紧张的快乐与溢出的
痛苦之色彩，它使我们彼此

连接。我们朝桌子
屈身，地球重力的

持续的牵拉犁开
我们的身体，把我们向下拽。

我们做的衬衫被我们的
词语，我们的故事所玷污。

光线投射到我们身后的墙上
阴影在繁殖：

这是老迈坚韧的母亲们的
行列，

空白之夜之前的
下弦月，

母亲们喜欢旧手套
皱巴巴的，形塑她们的生活，

传递这件作品，
从母亲传到女儿。

一根长长的鲜血的丝线，仍未被扯断。

三

让我把这个"老女人"的
故事讲给你听。

首先：她编织了你的身体。
其次：她编织了你的灵魂。

再次：她讨人憎，叫人怕，
尽管不是被那些认识她的人。

她是女巫，白天被你
烧焦，夜里你又从家里悄悄溜出

向她请教和贿赂。折磨着你的爱
你会转而责怪她。

她能变形，
而且像你的母亲一样，身覆皮毛。

这位黑圣母马利亚
镶嵌着小尺寸的

胳膊和腿，像锡制的星星，
他们向她供奉苦难

和红蜡烛，当没有其他帮助
或安慰时，也是她。

四

一月，雨天，这灰色的
寻常的一天。我的
女儿，我愿
你的衬衫只是件衬衫，
没有魔力或寓言。但是寓言
和魔力蜂拥而至
在这一月的世界，
侵犯我们，像雪那样，而几乎没有一个
对你是友好的；尽管
它们很强大，
有力，像病毒
或纯真的天使舞蹈
在大头针的尖上，
有力如娼妓的
心脏，被连根
拔起因为据说
它们是纯金的，或沉重
如想象的
宝石，他们过去常常
劈开犹太人的脑袋，为得到它们。

一个神话取消了另一个
这可能不对。
然而，在折边的
一角，那里不会被看见，
你将继承

它，我做了这细微的
一针，我秘密的魔术。

五

衬衫做好了：鲜红
绣着紫花和珍珠
纽扣。我的女儿穿上它。

拥抱这颜色
对她来说不意味着什么
除了它温暖
而明亮。她赤着

双脚，跑过地板，
躲开我们，她的新游戏，
快活地挥着她的

红手臂，而空气
炸裂着旗帜。

夜之诗

没有什么可怕的，
只是风儿
转向，朝东吹刮，只是
你的父亲　　雷
你的母亲　　　雨

在这个水的国度
米黄色的月亮潮湿如一朵蘑菇，
浸泡的树桩和游弋的
长鸟，那里树的周身
长着苔藓
你的影子不是你的影子
而是你的倒影，

你真正的父母消失了
当这块帘幕覆盖你的门。
我们是别人，
来自湖底
我们的脑袋漆黑
默默地站立在你的床边。
我们来覆盖你
用红色的羊毛，
我们的泪水以及遥远的低语。

你摇晃在雨的怀抱，
你睡眠的寒冷方舟，
当我们等待，你的夜晚
父亲和母亲，

我们双手冰冷，手电熄灭，
知道我们只是
被一根蜡烛
投射的摇晃的影子，在这个回声里
二十年之后你将听见。

所有面包

所有面包由木头、
母牛粪、密集的褐色苔藓、
死动物的身体、牙齿
和脊椎所造，经过渡鸦
之后，还剩下什么。这泥土
涌流着通过植物的茎进入谷物里，
进入手臂，斧子的九次
敲击，一棵树的皮肤，
新鲜的水是第一件
礼物，四个钟头。

活生生地埋葬在一块潮湿的布里，
一只银碟子，一排
白色饥饿的胃
肿胀而紧张地在烤箱内，
满肺的温暖呼吸停止
在古老太阳的热力中。

好的面包有盐味
出自你的双手，斧子的
九次敲击之后，这种盐味
来自你的嘴巴，它闻起来
就是它自身的小小死亡，是从前和之后的
死亡。

把这些灰烬
塞进你嘴巴里，运送到你的血液中；
知道你所吞吃的

就是你尊崇的，
几乎。所有的面包必须被打碎
所以它能被分享。我们
一起吃这块土。

你
开
始

你这样开始：
这是你的手，
这是你的眼，
那是一条鱼，蓝色，扁平
在纸上，几乎
是一只眼睛的形状。
这是你的嘴巴，这是一个O
或一个月亮，不管
你喜欢哪个。这是黄色的。

窗外
是雨，绿的
因为是夏天，而越过那些
树木接着越过这世界，
是圆圆的，只有这些九种
蜡笔色彩的世界。

这就是世界，比我已经说过的
更丰富，也更难习得。
你是对的，把它涂污
用红色而后是
橙色：这世界燃烧了。

一旦你学会了这些词
你将认识到，还有比你能
学到的更多的词语。
"手"这个词飘浮在你的手上
好像一片湖水上一小朵云彩。

"手"这个词从你的手上
抛锚到这张桌子上，
你的手是一块温暖的石头
我在两个词语之间握住它。

这是你的手，这是我的双手，这就是世界
圆圆的，但不平坦，有着比我们能看到的
更多的色彩。

开始了，就有一个终结，
这就是你将
回到的，这是你的手。

选自
《真实的故事》
1981

真实的故事

一

不要寻找真实的故事；
你为什么需要它？

它并非我启程时就有的
或我携带的。

我启航时带着的，
是一把刀，蓝色的火，

幸运，几个仍然好使的
好词儿，以及潮汐。

二

真实的故事已经丢失
在走向沙滩的途中，那是某种

我从未有过的东西，那黑色树枝的
缠绕，在一束移动的光里，

我模糊的足迹
充满了盐

水，这一把
微小的骨头，这猫头鹰的屠杀；

一轮月亮，弄皱的纸张，一枚硬币，
一次古老野餐的闪光，

这些窟窿是情人们制造的，
在沙地上，一百年

以前：没有线索。

三

真实的故事栖息在
其他故事之中，

一堆杂色，像乱七八糟的衣物
被抛开或丢弃，

像大理石上的心脏，像音节，像
屠夫们的废料。

真实的故事是恶的
多重的，且终究

不真实。为什么
你需要它？无论何时

都不要寻找真实的故事。

陆栖蟹 I

一个谎言，说我们来自水中。
真相是我们生于
石头，龙，大海的
牙齿，有你为证，
以你的硬壳和锯齿般的剪子。

隐士，坚硬的眼窝
为一只羞怯的眼睛而设，
你是一截柔软的肠子侧身
疾行，一颗蓝脑壳，
四处觅食的圆骨头。
树根和碎石洞的狼，
高跷上的一张嘴，
一个小魔鬼的壳儿。

进攻，狼吞虎咽地
吃，疾飞：
在边缘生存
是一项明智的常规。

然后潮水来临，而那是你
在潮湿沙滩上，为月亮
起舞，爪子抬起
挡开你的伴侣，
你们的耦合，是一种飞快
干燥的岩石的咔哒响。
因为哺乳动物
有它们的圆形突出物和块茎，

审慎和温暖的乳汁，
而你什么也没有，除了轻蔑。

给你，一副冻结的愁容
在手电光中成了靶子，
然后走开：我们的
一小块，不是全部，
我矮小的孩子，我瞬间的
镜中面孔，
我微小的噩梦。

陆栖蟹
II

大海吸干它自身的
边缘，与月亮一起进进出出。
褴褛的棕色植物
（被撕碎的尼龙袜，
羽毛，手的残余）
冲洗我的皮肤。

至于陆栖蟹，她爬上
一棵树，并且用那敏捷的
钉子把她自己吸附在
树皮上；她猛地拉出
她高茎状的眼睛看着我，看到

一块肉影子，
食物或一个掠食者。
我嗅到她身上的
果肉味，腐败的盐，
微弱的气味，
她也闻着我的气息，
抖动着那些火星人的触须：

皮革里的海水。
我是一类，一个非人类的
语言中的一个名词，
月色里的红外线，
空中的浪潮。

古老的手指甲，古老的母亲，

今夜，我对你几近
无害；尽管你并不在意，

你不是任何人的隐喻，
你有你自己的道路
和仪式，破损的蜗牛
与浸湿的坚果，浸透水的麻袋
仔细挑选好，湿水的碎片和硬壳。

海滩全部是你的，无言
而成熟，一旦我离开它，
涉水去那条泊船
与码头的蓝光。

明
信
片

我在想你。我还能说什么？
背面的棕榈树
是一种错觉；粉红的沙地也是。
我们有的，是平常的
破裂的可乐瓶子和堵塞的
下水道气味，太甜美了
像一只濒临腐烂的
芒果，我们也有。
空气消除了汗，蚊子
和它们的痕迹；鸟儿，发蓝而难以捉摸。

时间波浪般来到这里，一场疾病，日
复一日地流逝；
我移动向上，被称为
觉醒，然后向下进入不安定的
黑夜但从不
向前。破晓前
公鸡啼叫了好几个钟头，而一个受刺激的
孩子嚎啕大哭，无休无止
在去往学校的坑坑洼洼的路上。
行李货舱内
有两个囚犯，
他们的头被刺刀剃伤，而十只柳条箱
装着不安的小鸡。每个春天
都举行一次跛子比赛，从商店
到教堂。这是我随身携带的
破烂；以及一张来自
当地报纸上关于民主的剪报。

窗外

他们正在建造该死的旅馆，

一钉又一钉，某人的

行将崩溃的梦。一个包含有你的宇宙

不能是太糟的，但

对吗？在这个距离

你是一个幻象，一个光鲜的形象

固定在我上次看到

你时的那个姿势里。

把你翻过来，有一个

地址栏。希望你就

在这里。爱一浪接一浪

像大海，一场持续

不断的疾病，脑袋里的

一个空洞，填充、敲打，一只被踢的耳朵。

没有什么

没有什么比得上爱情，能将鲜血
遣返到语言中，
海滩和它离散的岩石与碎片
之间的差别，一种坚硬的
楔形文字，以及柔软的波浪的
草书；骨头和液体的鱼蛋，荒漠
和盐沼，自死亡中一种
绿的推动。元音再次丰满
仿佛嘴唇或浸湿的手指，而手指
自身绕着这些
软化的卵石移动，就好像围绕皮肤那样。天空
不空，在那里但又
接近你的眼睛，熔化，如此靠近
以至你能尝到它。它尝起来
像盐。那触动你的
正是你所触动的。

一则对话

这个男人在南边的海滩上走着
戴着墨镜，穿一件休闲衬衣
还有两个美女相伴。
他是个机器制造商
制造拔脚指甲的机器，
电击大脑
或生殖器的机器。
他并不测试或见证，
他只是出卖。我亲爱的女士，
他说，你们不了解
那些人。除了这他们
一无所知。我能做什么呢？
她说道：为什么他在那个聚会上？

在你自己的身体里飞翔

你的肺充满并伸展它们自己，
粉红血色的翅膀，而你的骨头
腾空它们自己并变成空洞。
当你吸气，你将像只气球般升起来
而你的心脏既轻逸又巨大，
敲着纯粹的快乐，纯粹的氦。
太阳白色的风吹穿你，
你的上面一无所有，
此刻，你看到地球如一块椭圆形的宝石，
因爱而闪亮又海蓝。
只有在梦里你才能做到这一点。
醒来，你的心脏是一只颤抖的拳头，
一粒精美的灰尘阻塞了你吸入的空气；
太阳的一块炽热的铜砝码直接
强加于你头骨厚厚的粉红外壳上。
总是刚好在射击前的一刻。
你试着，试着醒来但你不能。

折
磨

什么发生
在这场对话的暂停里？
这场关于自由意志
和政治以及激情的需求的对话。

仅此而已：我记起他们
没有杀死的那个女人。
相反，他们将她的脸
缝合，将她的嘴巴
闭合成一根吸管大小的孔，
再将她背朝下放在街道上，
一个静音符。

这发生在哪儿
或为什么发生或到底
发生在一方还是另一方，都无关紧要；
一旦有各方存在
这样的事情就发生
而我不知道，过着清新
生活的好男人们存在
是否正因为这个女人或是就算
有她。
          然而像这样的
力量并不抽象，它与政治
和自由意志无关，它超越口号

至于激情，这
是其错综复杂的否定，

那从你肉身上如同肿瘤般
切下你所爱之人的小刀，
让你没了乳房
也没有了一个名字，
容颜失色，失血，甚至你的声音
也被太多痛苦灼伤，

一副被剥了皮的身体被一丝
一丝地拆解开，并被吊
在墙上，一面极度痛苦的旗帜
为同样的原因——即旗帜本身
而展示。

一个女人的问题

这个女人佩戴的锥形装置
绕在腰和双腿之间
锁住，装置上有洞，好像一件滤茶器
这是展品 A。

这个穿黑衣的女人，有一扇网格窗
可以看透，一根四英寸长的
木桩子堵塞
在她的两腿之间，所以她不可能被强奸
这是展品 B。

展品 C 是个年轻女孩
被产婆们拖到矮树丛里
而当她们从她的双腿之间刮掉那块肉时
让她歌唱，然后，她们绑住她的大腿
直到她结痂，并被认为是治愈了。
现在她可以结婚了。
每一场分娩她们都会把她
打开，然后再缝合她。
男人都喜欢紧绷绷的女人。
那些死去的人已经被谨慎地埋葬。

下一件展品平躺着
一夜八十个男人
从她身上移开，一小时十个。
她看着天花板，听着
门打开又关上。
一只铃一直响着。

没有人知道她是怎么到这地步的。

你会注意到，她们共有的
是双腿间的事物。这是战争
发生的原因吗？
敌人的领地，无人的
土地，可以偷偷进入，
用栅栏圈住，拥有但从不能完全拥有，
这些午夜里不顾一切的袭击
场景，俘获
与棘手的谋杀，医生的橡胶手套
沾着血污，肉体无法动弹，你自身
不安的力量的波澜。

这不是博物馆。
谁发明了"爱"这个词？

圣
诞
颂
歌

孩子们并非总意味着
希望。对一些人来说，他们意味着绝望。
这位女子，头发被剃掉
让她无法吊死自己
她只好将自己从屋顶上扔下来，三十次
被强奸并怀孕，这一切
都是敌人所为。这一位的骨盆
被锤子砸碎，好让孩子
能被取出来。接着，她被抛弃，
无用，一只被撕裂的麻袋。这一位呢
用厨房的串肉扦刺穿自己
在一张污迹斑斑的油布桌上
流血而亡，免得再次
忍受和越过限度。存在
一个限度，尽管谁知道
它什么时候到来？十九世纪的
壕沟里乱丢着小小的蜡质尸体
在恐惧中丢到那里。一架飞机
太低地飞扑向狐狸农庄的上空
而母亲吃掉了她的幼仔。这也是
"大自然"。三思而后行吧
在你崇拜扭曲的皱纹，或口头上
支持某些丰满的腹部
或其他，或挑选一个女孩去扮演
有魔力的母亲，穿着蓝衣
和白衣，上到那个基座上，
完美而贞洁，与那些不完美不贞洁者
区别开来之前，后者意味着

其他的每个人。这是关于食物
与可用的血液的问题。如果母性
是神圣的，就请
言出必行。只有
那样，你才能期盼回到
那被毁坏而闪着微光的土地
找到你歌唱的
奇迹，那一天
每个孩子的降生都是一次圣诞。

为一首永不能被写出的诗而作的笔记

（给卡洛琳·富歇）

一

这是那地方
你宁愿不知道它，
这是那将占据你的地方，
这是你不能想象的地方，
这是最终会击败你的地方

那里，"为什么"一词枯萎并腾空
它自己。这是饥荒。

二

关于它，没有你能
写下的诗，这些沙坑
已被填埋了许多人
抑或未被开掘，不可忍受的
痛苦依然在他们的皮肤上留下了痕迹。

这不是发生在去年
或四十年前，而是上个星期。
这仍然发生着，
它发生。

我们为它们制作形容词的花环，
我们点数它们像数珠子，
我们将它们转换成统计数字和连祷文
转化成诗歌，像这一首。

都不管用。
它们仍然保持原样。

三

这个女子躺在潮湿的水泥地板上
在无休止的光线下，
她的胳膊上有针痕，扎在那里
为了杀死大脑
她想知道她为什么要死。

她要死因为她说了。
为了这个词她要死。
是她的身体，沉默着
失去了手指，在书写这首诗。

四

它类似于一台手术
但它不是

尽管双腿张开，哼哼着
流着血，它也不是一场生育。

它有几分像是一项工作，
有几分是技巧的展示
像一部协奏曲。

有可能，它会进行得很糟
或很棒，她们告诉她们自己。

它也有几分是艺术。

五

能被清楚地看见的这个世界的真相
是透过眼泪看见的；
那么，为什么要告诉我
我的眼睛出了问题呢？

清楚地看见而且不畏缩，
也不转过脸去，
这是极度的苦痛，好像双眼被胶布粘住睁开着
离太阳只有两英寸近。

那么你看到的是什么？
是否是一场糟糕的梦，一个错觉？
或是一抹幻影？
你听到的是什么？

剃刀推过眼球
这是一部老电影里的一个细节。
这也是一个真理。
见证意味着你必须承担。

六

在这个国家你可以说你喜欢的事物
因为无论如何没有人会倾听你，
够安全的，在这个国家你能试着写
永远不能被写出的诗，
那什么也不用发明
什么也不用辩解的诗，
因为你每天都在发明自己并为你自己辩解。

在别处，这首诗不是个发明。
在别处，这首诗鼓舞勇气。
在别处，这首诗一定要被写出
因为诗人们已经死去。

在别处，这首诗必须被写出
仿佛你已经死去，
仿佛做什么或
说什么都不能拯救你。

在别处你必须写这首诗
因为再也没有什么可做的了。

禿鹫

吊在那里，在正午
燠热的白晃晃的天光下，烟囱里的
上升气流中，黯淡的烟灰，慢腾腾
旋转，仿佛一根拇指按在
目标上；懒懒的V字形；飞着，直到它们落下。

然后，它们是鬣狗，声音嘶哑
围着杀死之物，拍打它们的黑
伞，长羽毛的红眼睛寡妇
她们的罐子身体亵渎了丧事，
在葬礼上窃笑，
在守灵时打饱嗝。

它们成群结队，如同甲虫
在腐肉上产卵，
贪图一片空间，一小块
谋杀的领土：食物
和孩子们。

邋遢的老圣人，秃着
脑袋，发了霉，脖子
细瘦如柴，隐居在你的
炽热空气的柱子上
这不是天堂：你怎么
看待死亡，虽不是
你造成的，却是你
每天吞吃的？

我制造生活，这是一种祷告。
我制造干净的骨头。
我制造一种灰白的镀锌的噪音，
对我而言，那是一首歌。

嗯，心儿，从这种
残杀里，你能跳动得更好么？

日
落
II

日落，我们终于身处其中
但它还不是我们曾预想的。

你期待过这紫罗兰的黑暗的
柔软边缘进入太空，脆弱如吹灰
震颤似油，抑或这微红的
橙子流入
你的肺中且流经你的手指么？
波浪盖过你的双眼上
那唇红的光，一叠又一叠。
这是你吸进去的太阳，
海蓝色。你是否
期待过它是这般暖和？

再道几声再见，
感伤得好似它们也都如此。
遥远的西方从我们这里后退
好像它是自己的紫红色明信片
并溶解于大海。

现在，有一枚月亮，
一个反讽。我们朝没有
家园的北方走去，
牵手结合。

我将永远爱你，

我不能阻止时间。

是你，在我的肌肤上的
某处，以沙的形态。

我愿意看着你睡去，
这可能不会发生。
我愿意看着你，
睡着。我愿意与你
一起睡下，进入
你的睡眠，当它光滑的黑波
滑过我的头

并与你一起走过那布满
蓝绿树叶，透明而摇荡的森林
水淋淋的太阳和三个月亮
朝着你一定会下去的那个洞，
朝着你最坏的恐惧

我愿意给你这银色的
树枝，这小小的白花，这一个
词，将在你睡梦的中心
保护你，使你免遭
不幸，免遭在中心的
不幸。我愿意再次
跟随你踏上长长的
楼梯并变成
一条将会小心翼翼地载你返回的
船儿，一束火焰
在两只杯形的手中
进入你躺在我旁边的
身体里，而你进入
它就像呼吸那样容易。

我愿意成为仅仅
占据你片刻之久的
空气。我愿意成为那不被注意的
以及那必需的。

蘑
菇

一

在这个潮湿的季节，
薄雾升上湖面，远方
几个响雷的下午

它们自土地中渗上来
在夜间，
像泡沫，像微小的
亮红色的气球
充满着水；
一种声音之下的声音，橡胶手套里的
拇指轻柔地从里面翻了出来。

早晨，有了这种叶子的模型
点缀着一些乳头，
与凉爽的白色鱼钩，
坚韧的紫色头脑，
拳头大小的太阳黯淡成灰烬的颜色，
有毒的月亮，浅浅的黄。

二

它们是从哪儿来的？

因为每次从头上滚过
雷暴，还有另一场风暴
并行在地上移过。

击中的闪电是它们相遇的地方。

脚边，有朵朵根茎，
流泻的须发或束束松松的丝线
慢慢地吹送进土壤之中。
这些是它们的花朵，这些是手指
穿过黑暗抵达天空，
这些是眼睛眨动
迸发，并在空气中撒下孢子。

三

它们在荫凉处，以半衰的叶子为食
当它们回到水里，
栖身缓慢融化的原木，
枯木。它们有时候
在黑暗中发光。它们尝起来
有腐肉或丁香
或烹饪过的牛排或擦伤的
嘴唇或新雪的味道。

四

我搜寻它们
不仅是为了食物
也是为了搜寻而搜寻，因为
它们有死亡的气息，以及
婴儿般的蜡质皮肤，

肉体变成泥土也变成肉体。

这儿是我
为你带回来的一把阴影：
这腐败，这希望，这满嘴的——
泥土，这诗歌。

外
出

这是伴随你的所有，
不多，一只塑料袋
装有一根拉链，一块肥皂，
一个命令，血在水槽，
这身体的词语。

你在那里盘旋，
独自并被锁住
终于走在你的路上，
土星的环像痛苦一样
闪耀，你黑暗的航空器
穿过群星，探测出它的航道。
如今，你已消逝了
多少年？

滚烫的金属从你的眼睛上方呼啸而过，
剃掉这肉体，后退；
这也是宇宙
这烧坏的风景。

低温冷藏在毯子中；显像管喂养你，
你受伤的细胞发着光，滴答作响；
当时候到了，你就会醒来
赤裸着，被修补过，再回到地上，发现
我们中的其他人起了变化，老了不少。

其间，你的身体
哼唱着带你入睡，你巡游

在星云中间，冰玻璃
在床边的桌上，
闪光的大水罐，你白色的布脚
辉映着反射的光线
对抗门后面粗糙的
黑色阴影。

安静点，护士们的双手
说道，拉下百叶窗
安静下来吧
你漂流的血液说道，
星团冰凉。

蓝矮星[1]

树的葬礼，你告诉我，就该
如此。不是向上埋而是埋下去。
细根和昆虫，你说，当我们驱车
听着新闻，沿高速路急驰，
穿过因花粉热而增厚的大风。
上次，是火。

一个难题，你死之后
你怎么处理自己。
还有之前又如何。

结痂的野生李子从树上掉下来
当我爬上去，树枝与叶子
在我的靴底下剥落。
它们消失进骨头色的
草地和紫红色的紫菀中
或者躺在岩石与散发臭气的旱獭
中间，爆裂又皱缩
而渗出的汁液与甜蜜的核子及黄色
果肉却依然
燃烧，凉爽，发蓝
如同古老星辰的核心
向着那零的倍数

1　蓝矮星，树名，杉树的一种；另，也指天文学中的一类恒星，按照恒星的亮度与质量的不同，科学家们将质量较小的恒星称为矮星，又以红、黄、白、蓝四种颜色代指四种质量由小至大，温度由低到高的恒星，比如发黄色光亮的太阳是一颗黄矮星。从光谱型的角度，蓝矮星指的是光谱型为 O、B、A 早期的矮星。光谱型是恒星的温度分类系统，依照恒星光谱的类型，把恒星分成 O、B、A、F、G、K 和 M 等类型。全天空最亮的天狼星 A 是典型的蓝矮星。而我们的太阳光谱型为 F、G，所以属于黄矮星。——译注

枯萎。针尖的嘴巴
在它们中挖洞。我捡拾那些完好的
但它们也不能持久。

如果有一棵树属于你，那会是
这一棵。给你
你蓝色夜晚的
六夸脱篮子，黏糊糊
褪色，却依然更甚
可以吃。时间确实
弄脏了我们的双手，我们舔掉它，一笔意外之财。

最后一天

这是最后一周的最后一天。
六月，夜晚触摸
我们的肌肤如同长毛绒，香乳草使湿热的
空气变甜，与蛾子一起
搏动，它们的粉翅与天鹅绒的
舌头。在黄昏中，夜鹰与来自
池塘的笛子般的声响，它的边缘
鱼卵织成网。万物
皆向多汁的月亮倾斜。

早晨，母鸡
一只接一只地生蛋，蛋壳上布满了疣
完美；母鸡窝的地面
堆满旧鸡粪以及冬天的稻草
苍蝇的振动，绿莹莹、银闪闪。

谁想要丢弃它，谁想要它
结束，水流推动着
水流，肌肤紧靠着
肌肤？我们跋涉
通过潮湿的
阳光，朝向虚无，它是椭圆的

充满的。这只蛋
在我的手中是我们最后的一餐，
你把它打破，天空
再次变成橙黄色，而太阳
再次升起，这也再次成为最后一天。

选自

《无月期》

1984

选自蛇之诗

蛇女

我曾经是蛇女，

似乎是整个地区
唯一对蛇不感到恐怖的人。

我习惯于用两根棍子捕猎
在香乳草中间，在门廊和原木之下
寻找这冰凉的绿色金属血管
它会像水银一样从我的手指间穿过
或变成一只天然的手镯
紧抓住我的手腕：

我能根据它们的气味追随它们，
一种恶心的味道，酸酸的，有腺体分泌
有几分像臭鼬，有几分如同
一只被撕裂的胃的内部，
它们害怕的气味。

一旦被逮住，我会带着它们，
柔软的，恐怖的，带它们进饭厅，
甚至连男人们也害怕某种东西。
我有多么好玩的东西啊！
"把那玩意儿放到我床上，我就杀了你!"

现在，我不知道。
现在我会考虑是哪种蛇。

说
坏
话

没有食叶蛇。
所有的蛇都长有毒牙，贪婪地饮血。
每条蛇都是一个猎手的猎手，
仅仅一条无底的食道
就把它自己拉向依然活着的猎物
像一只短袜专注于狼吞虎咽，像一只邪恶的手套，
像纯粹的贪欲，柔软而迂回。

鼓腹毒蛇埋在滚烫的沙中
或者使靴子中的脚趾中毒，
对它来说，杀戮轻松而草率
像战争，像消化，
为什么要放过你呢？

而你，巨蟒啊，巨蟒，
真正黑暗的蜿蜒的缎带，
一条带眼睛和肛门的长长的肌肉，
像从树上淌出的焦油那样打着环
压榨任何可吃之物的声音，
把它缩减到适当比例，合乎胃的大小。

而你，蝮蛇
你有毒的黯淡的喉咙
和注射器般的牙齿
你肮脏的雷达
导向目标追踪深红的影子
此外无人知道它的追踪……
我是不是应该承认这些死亡？

在我们之间，没有同感，
作为见证：一条蛇不能够尖叫。
观察这外星人的
锁子甲皮肤，直接来自
科幻小说，纯粹的
颤抖，纯粹的土星。

那些能够解释它们的人
能够解释任何事。

有人说，它们是一个缠结的谜
只有汽油和火柴能够解开。
连它们的交配也几乎没有性，
不过是两根氰化物色彩的
细长绳子之间的浪漫。
尽管它们活着出生，蠕动着筑巢
仍然很难相信蛇的爱情。

在动物中形单影只
蛇不歌唱。
它们的理由与星星们的
而不是与人类的相同。

吃
蛇

我也曾把这个神拿来放进我嘴里，
咀嚼它，并设法不被骨头噎着。
它是条响尾蛇，油炸过
也好吃，尽管有点儿油腻。

（忘掉生殖崇拜的象征主义吧：
两点区别：
蛇吃起来像鸡肉，
谁又会把这根鸡巴归功于智慧？）

一段时间之后，所有的人都
被驱使着，达到吃他们的
神的地步：那是对一盘子的
外太空的古老贪婪，那种对黑暗的热切，
渴望感受它对你的影响
当你的牙齿在神性，在肉中相遇，
当你吞下它
你就能用它自己冰冷的双眼观看，
透过谋杀向外看。
这是关于一顿简单的午餐的小题大做：
形而上学加洋葱。
蛇被端上来的时候并不像本来应该的那样
尾巴在它的嘴里。
相反，厨师将蛇皮钉在墙上，
连同咔咔响的尾部，而蛇头被制成标本。
毕竟，它只是条蛇。

（然而，权威们都承认：
上帝是圆的。）

轮
回

某人的祖母滑翔着穿过蕨菜地，
身穿寡妇的黑衣，优雅
而灵活，一如既往：瞧瞧她闪烁的眼睛吧！

你是一条蛇的那会儿你是谁？

这一条蛇曾是个舞者，如今
成了一条绿色的彩带被它自身的微风吹动
你那迟钝的条纹叔叔来了，回到家
在走廊上的柳条椅内
晒太阳并照顾你。

从它脱落的皮壳中开展它自己，
这条蛇对所有的信众
宣布复活

尽管有一些很快厌倦了
反反复复的出生；对于他们，唯有一缕
枯黄草中震颤的气息，
一根纸样的手指，半条套索，一声
去往死河的召唤。

那在寒冷的地窖中
与苹果和老鼠为伴者是谁？风中
一阵粗嘎刺耳的谁的声音？
你失去的孩子低语着"母亲"，
这是你不曾生下来的另一个孩子，
你的想回到你那里的孩子。

蛇
的
赞
美
诗

哦蛇，你是诗歌的
一条论据：

干树叶中间的一个变向
当风平浪静，
一条细线穿过

那不是时间，
却创造时间，
一缕来自死亡的声音，隐约

而静寂。一种自左向右的
运动，
一种消失。一块石头下的先知。

我知道你在那里
即使我看不到你

我看到你留下的踪迹
在一块空白的沙地，早上

我看到交叉的
点，穿过
这只眼的鞭绳。我看到杀戮。

哦长长的词儿，冷血又完美

十
五
世
纪
画
风

蛇通过绘画进入你的梦中：
这一幅，在一座正式的花园
那里总是有三个角色：

瘦男子有着青白色的皮肤
表示他是个素食者
而背部凹陷、乳房结实的女人
看起来像是粘上去的

这条蛇，直立着，有一颗头颅
面孔涂了颜色，披着女人似的头发。

每个人看起来都不开心，
包括几个动物园的动物，有太阳的点彩，
包括天使好像一堆
燃烧的待洗的衣服，拿着他的
火焰之剑犹豫不决，
迄今也未能击穿。

这里没有爱。
也许只是无聊。

那不是苹果而是一颗心脏
从某人身体里扯出来
在这个突然变成阿兹台克人的神话里。

这是蛇所提议的
死亡的可能性：

死亡之上的死亡挤压在一起，
一枚鲜血的雪球。

吞食它就是从
这静止的永恒的正午
掉落到有着一条笔直地平线的坚硬地面

而你不再是一个身体的
观念而就是一副身体，
你滑进你的身体就好像滑入滚烫的烂泥中。

你感到疾病的薄膜
淹没你的头，于是历史
在你身上产生，而空间将你
裹进它的军队，它的夜晚，而你必须
学习在黑暗中看见。

这里你可以赞美光，
只有如此少的光：

它是在你身上你所携带的死亡
红红的，被俘获，它使这世界
为你而照耀
因为它从未如此照耀过。

这便是你如何学会祈祷的。

爱乃是选择，蛇说。
上帝的王国在你之内
因为你吃下了它。

赫拉克利特之后

这条蛇是上帝的一个名字，
我的老师说：
所有自然物皆是一团火
我们在其中燃烧并被
更新，一层皮肤
接着另一层皮肤脱落。

和身体交谈
是蛇的工作，一个字母
接一个字母，在草地上形成，
它自身是一根舌头，圈结成粗朴的象形文字，
阳光赞美它
照耀在门阶上，
一束绿色的光庇佑着你的房子。

这是那个声音
那你能够为你的疾病祈祷
而得到的回答：
给它留下一碗牛奶
看着它喝

你不祈祷，而是去拿铁铲，
铲刃上有陈旧的血迹

把它拎起来，你就将握住
你害怕的黑暗
变成了血肉与余烬，
冰冷的力量围绕你的手腕

它会在你的手中
一直都在那里。

这是一条无名的蛇
给它自己一个名字，
许多名字中的一个

还有你自己的名字。

你知道这一点但还是杀了它。

选自无月期　星期天驱车

皮肤在热力中沸腾
那自太阳中滚动而来的热力，潮汐般波动；
大海是平坦的，炎热，过于明亮，
凝滞得像个污水坑，
边缘是一块散发着粪臭的海滩。
这城市就像一座
被炸毁、正在燃烧的城；
到处是烟味，
从碎石的堤坝飘散开来。
偶尔有一座新的塔楼，
已经被污染，从混乱中耸立；
汽车熄火，咆哮。
从被踩躏的地上，垃圾喷起
还有锡皮与弯曲的木板建造的小屋
衣物和任何能被捡到的东西。
一切都是土色的
除了这些风筝，鲜红，亮紫，
其中三只，兴高采烈地鼓着翼
在堆满垃圾的斜坡上方，
女人们的衣裙，不知怎的竟被洗干净，
冒着蒸汽，闪耀着，还有孩子乞丐
那本分而苍白的微笑
他们亲吻你的小额零钱
把它压在他们的头上和心口。

"叔叔。"他们叫你。"母亲。"
我从未感到过这般不像母亲。
这一切都是月亮的责任，

增多的女神

和死亡，在这里是一回事。

为什么要希图

救赎？在这没有开始或终结的

有罪的肉体迷津之中

那里，身体的果肉蒸发、膨胀

并产卵，使它自己繁殖

这位明智的男士选择平静。

在这里，你被教导圣洁是必须的，

经常清洗，与人分居。

火葬是最后的仁慈：

腐烂是为活人而保留的。

被爱的愿望是最后的幻想：

放弃它吧，你就会自由。

孟买，1982

俄耳甫斯（一）[1]

你在我前面走着，
把我拉出来
来到这绿灯下，它曾经
长出犬牙并杀死了我。

我顺从，但
麻木，像一条发麻的
胳膊；重回到
不是我的选择的时间。

那时候我已习惯了沉默。
尽管某种东西在我们之间伸展
像一场耳语，像一根绳子：
我从前的名字，
被拉紧。
你带着你的旧
绳索，你可能会称它为爱，
以及你的情欲的声音。

在你眼前，你牢牢地握住
你希望我成为的形象：再生。
正是你的这个希望使得我跟随你。

我是你的幻影，倾听着
花一般的，还有你正歌唱着我：

1　俄耳甫斯，古希腊传说中色雷斯的诗人和音乐家，他的音乐的力量甚至可以打动没有生命的物体，他差一点将他妻子欧律狄刻从地狱中成功救出。——译注

新肌肤已经在我身上形成
在我另一个身体的雾一般
发光的裹尸布中；我的双手
已沾上了污垢，我也十分口渴。

我只能看到你
头肩的轮廓，
与这洞口对比呈黑色，
因而根本看不清你的
脸孔，当你回头

叫我，因为你已经
失去了我。我看到
你最后的样子是一个晦暗的椭圆形。
尽管我知道这次失败
会多么伤害你，我还是
得像一只灰蛾子一般收拢翅膀并离开。

你不会相信我不只是你的回声。

欧律狄刻[1]

他在这里，下来找你。
这是那召唤你回去的歌儿，
一首愉快与受苦相等的
歌儿：一个诺言：
在那里，情况与上一次
有所不同。

你宁愿持续毫无感觉，
空虚、平静；最深的海域下
迟钝的和平，比表面的喧闹和肉体
更容易。

你已习惯了这些漂白的黯淡走廊，
你习惯了这位经过你时
一声不吭的君王。

另一位则不同
而你差不多还记得他。
他说他正在对你歌唱
因为他爱你，

不像你现在的样子，
如此冰冷而微小：既移动又静止

1　欧律狄刻，俄耳甫斯的妻子，没能被丈夫救出地狱，因为在他们走出冥界之前他回头
看了妻子，违反了冥王的规定。——译注

像从一扇半开的窗户内
一块气流中鼓动的窗帘
边上一把无人落座的椅子。

他想要你成为他称为的真实。
他想要你停止发光。
他想要感觉自己变粗
像一根树干或一条后腿
并看见他眼皮上的血
当他闭上眼，而太阳敲打着。

他的这种爱将不是他
能做到的事情，如果你不在那里，
但是当你离开草地上冷却而发白的
你的身体时你突然明白了

你在任何地方都爱他，
即使在这没有记忆的土地上，
即使在这座饥饿之邦。
你把爱握在手中，一粒红色的种子
你已经忘记你正握着它。

他差一点走过头了。
如果不看他就不能相信，
而这里很暗。
回去吧，你低语，

可是他想要再一次

被你喂养。噢，一把纱布，小小的
绷带，一把寒冷的
空气，不用通过他
你就能得到你的自由。

强盗新郎

他本不情愿杀人。他愿意拥有
他想象其他男人拥有的事情，
而不是这鲜红的冲动。为什么女人们
总是辜负他并死得很惨？他情愿温柔地杀死她们，
以浓烈的温情，用根根手指，所以
最终她们就会融入他
感激他的技巧与最后的愉悦
他依然相信他能够带给她们
只要她们能接受他，
但是她们尖叫得太厉害了，这使他生气。
接着，他去找灵魂，翻箱倒柜
在她们的肉体上找它，自怜而霸道，
在她们脸上的神经和碎片中间
猎寻一件他必须
为之而活着的东西，而他迷失在
归途中，在白杨和云杉的森林里
如水的月光下，那里，他年轻的新娘，
苍白但只是有一点儿惧怕，
她的双手闪烁着他自己逼近的
死亡，朝他的方向摸索着
沿着朦胧的小道，从白色的石头
到白色的石头，无知无觉，歌唱着，
梦到他，就像他一样。

来自珀尔塞福涅的信 [1]

这是写给左撇子的母亲们的
披着她们那带流苏的黑围巾或饰有花朵的便服
四十多岁，穿着她们粉色的家居拖鞋，
她们的手指，被涂成红色，或指节张开
从前也曾弹奏钢琴。

我知道你们的室内植物
总是死掉，知道你们张开的
大腿，下面被捆住并被
分开，而后来
是在医院的一块床单下
那被截肢者们的挣扎，那被当成
性而从未被提及的挣扎，
你们病弱的母亲们，你们的厌倦，
你们的地板被激怒的光泽；
我知道你们的父亲们
他们想要儿子。

这些是你们用
你们的身体拼读的儿子们，
你们能够被指望
说出的唯一的词语，
这些肉体的结结巴巴。

难怪这一个

1　珀尔塞福涅是得墨忒耳和宙斯的女儿，她被冥王哈得斯劫持但被其母所救，从此以后
每年在人间过六个月，然后在地狱过六个月。——译注

近乎哑巴，一接触就退缩，
害怕洞穴
而那一个把他自己扔向一列火车
为了他至少能感受
一回他自己的心跳；而这一个
他觉得他温柔地抚摸
自己的婴孩，但它粉碎了；
而那一个，进入女人被捆绑的
身体如同吐唾沫。

我知道你在夜里哭泣
他们也如此，他们正在找你。

他们在这里清洗，我得到
这一块或那一块。这是一个血的
谜团。

也不是你的错，
但我不能解决它。

无
名

这是你如今频繁地做着的噩梦：
一个男人将会在晚上到你的房子来
他身上有个孔——你把它放在
他的胸口，在左边——血泄漏到
他倚靠的木门上。

无论如何
他都是一个正在消失中的男人。
他想要你让他进来。
他就像一位死去的情人的
灵魂，回到地球的表面上来
因为他还要得不够，而且依然饥饿

可是他并未死去。尽管你的胳膊上
寒毛直竖而从他身上来的
寒气漫过了你的门槛，
你还从来没有
看到过任何人如此生机勃勃

当他触摸，只是触到你的手
用他的左手，干净的
一只手，并低语着"求你"
用任何语言。

你不是个医生或类似医生的角色。
你一直过着一种朴素的生活
在任何人看来都可以称之为无可指责。
在你身后的桌子上

盘子里有面包，碗里有水果。
还有一把刀子。一张椅子。

春天，晚风
潮湿，带着翻开的土壤与早开的
花朵的气息；
月儿倾泻着它的美
最终你称之为美，
温暖并给予一切。
你只是接受。
远处，你听到犬吠。

你的门半开
半闭。
它一直那样而你不能醒来。

俄耳甫斯（二）

无论他是否将继续
歌唱，他都带着对这个世界的
恐怖的了解：

他没有在草地中间游荡
自始至终。他下到那里
在没有嘴巴的人们中间，在那些
没有手指的人们中间，那些
名字被禁的人们中间，
那些在沙滩灰色的石头中间
被侵蚀冲上岸的人们
那里因恐惧而
无人前往。那些沉默者。
他一直试着
把爱情再次唱进存在
可他失败了。

不过他会继续
歌唱，在露天体育场
已经死去的人们挤在一起
抬着他们没有眼睛的脸
倾听他；红色的花
紧靠着墙壁
生长，怒放。

他们砍掉他的双手
不久他们会在狂怒的
抗拒性的一场爆发中从他的身体上

扯下他的头颅。

他预见到了这一切。可是他继续

歌唱，赞美着。

歌唱既是赞美

也是反抗。赞美即反抗。

词
语
继
续
它
们
的
旅
行

诗人真的比其他人
受更多苦？难道不是
有人给他们拍好了照片
并被别人看到了？
疯人院里充满了那些
从未写过一首诗的人。
大多数自杀者并非
诗人：一份好统计。

某些日子我依然，想要
和其他人一样；
不过当我去和他们谈话，
这些认为应该成为
别人的人，而他们也很像我们，
除了他们缺乏某种事物
我们认为的一种声音。
我们告诉我们自己，他们比我们
更软弱，较少被定义，
他们是我们正在定义的事物，
我们帮了他们的忙，
这使得我们感觉更好。
对于痛苦，他们不如我们优雅。

可是瞧，我说了"我们"。尽管我个人可能对你
恨之入骨，并永远也不想看见你，
尽管我宁愿和牙医一起
待着因为我会学到更多，
我还是说出复数的"我们"，我把我们召集

就像某些命中注定的旅行团成员

这便是我想象的我们，一起旅行，
女人们戴着面纱，孤孤单单，有着那种向内的
视线，目光偏移，
男人们成群结队，他们有胡子
密码和虚张声势

在我们滞留的地方，我们选择的地方，
一个朝圣之旅，拐了个错误的弯
回到某个遥远的地方，并在这里
中止，在太阳的怒视下，
而这坚硬的红黑阴影
被每块石头投射，每一棵死树都触目惊心
在它的细部，它的双重重力之中，但也飘浮
在"石头""树"的光环内。

而我们真的不比任何人更加在劫难逃，当我们走到
一起，穿过这月亮地带
那里一切都干燥而枯萎，如此
鲜明，进入沙丘，在视野中消失，
从相互的视野中消失，
甚至从我们自己的视野中消失，
寻找水。

有回声室的心脏测试

两只脚踝和一只手腕被绕上电线，
一枚潮湿的探针在我肌肤上滚动，
我在一面屏幕上看到我的心脏
像一只橡胶球或一颗柔软的无花果，只是更大点，

包围着一种试探性的双重搏动，
某人上气不接下气却又试图
说话的节奏；两只阀门开开
合合如同受潮的翅膀
从一只灰色的蛹身上展开。

就是这颗心脏，像电视，
一个下午的软核色情
上瘾。作为娱乐表演的
心脏，过时的
黑白片。
技术人员观看屏幕，
寻找着什么：一块阻滞，一个漏洞，
一出情节剧，一桩未来的
猝死，握紧
这只注定持续摇动
自身的拳头。
他们说：可能是遗传。

就这样，从科学角度，
这上帝一直通过石头、疯子
以及鸟儿的内脏低语的一切：
心脏的硬度能杀死你。

他们换了张照片：
现在我的心脏是横切面的
像地质教科书中的一片。
他们把它定格，量它的尺寸。

一次深呼吸，他们说。
心脏发喘并沉重地快跳着。
它扩大了，变得半透明，
像一架星际望远镜
远远的尽头里
一团发光的恒星云。一只
烟雾构造的梨子，并将要腐烂。
就这么一次这只血液与肌肉的
心脏和这纯粹的光的
心脏和谐地拍打着，
显而易见。

穿上衣服，我是透明的，
一层薄雾裹着一道光。
我带着我不稳定的
心脏，照耀着并
开始褪色，和我一起出去
沿着贴着瓷砖的走廊
进入这世界的其他部分，
它认为它不透明而且坚固。
我小心翼翼。
噢，心脏，既然我知道你的本性，
我还能告诉谁？

一条船

夜晚降临，山丘加厚；
红色和黄色从树叶上褪去。
寒松长出了阴影。

它们之下，水面平静，
一枚落日在它之中颤动。
更多的落日下来参与其中。

现在，湖面既扩张
又封闭，并举。

黑色，白天它自己
待在水面之下
此刻从水下浮现，像薄雾
或就被看成了薄雾。

距离消失，距离的
缺席抗拒着目力。

看不到湖，
只见山丘的轮廓
几乎是同一个样，

对我而言像睡眠般熟悉，
湖岸在湖岸上展开
在它们放慢了呼吸的轮廓线上。

我凭着触觉行走，

这条船像一只手那样感受着
穿过浅滩，在死树的
中间，在卵石上
看不见的抬升，一层
又一层的沉没的时光脱落。

这便是我如何学会掌舵
穿过没有星光的黑暗。

迷失只是记忆的一次失败。

无月期[1]

黑暗不出意料地等待它；
像悲伤它总是在那里。
这只是一类，

在这一类中，有星星
在树叶之上，钢钉般闪亮
数不清也不被注意。

我们一起走在
月亮之间的枯死潮湿的树叶上
在隐隐闪现的夜间岩石中间
日光下它们的颜色会变成略带
桃色的灰，被苔藓和蕨草
销蚀并软化，也可能会变绿，
在树木腐烂发霉的新鲜
发酵粉的气味中，泥土把它自己
归还给自己

我拉着你的手，如果你真的存在
那一只手就是这种形状。
我希望给你看这你如此
害怕的黑暗。

相信我。这黑暗
是你能够进入的一个地方，你也
能安处其间，像在任何地方一样；

1　无月期，指阴历月底前后看不见月亮的四天期间。——译注

408

你可以把一只脚搁在另一只脚前
并相信你的眼睛这一方。
记住它。你会再次认识它
在你自己做好准备的时候。
当事物的表面遗弃你，
你会依然拥有这黑暗。
在你自身之中的能被你携带的事物。

我们已来到这个边缘：
湖水展现它的安静；
在更远的黑夜，从远处看不见的
湖滨那边，有一只花斑猫头鹰
啼叫着，像一只蛾子
钻到耳朵里。
这片湖，辽阔无边，
一切都增倍，星星，
漂石，湖本身，甚至包括你能
在其中走到它变亮的
这么长的黑暗。

早晨在烧毁的房子里

1995

I

你
回
来

你回来，走进
你一直居住的
房间。你说：
我在外时
发生了什么？谁
把那些被单弄脏，为何
柚子没了？
双脚踏上地面中央
在身体和词语之间，包含
或应该有，另外
一个人。而你知道，是你
睡在这里，吃在这里，尽管你不
相信。我一定得抽出点
时间，你认为，为了这块奶油
吐司和这份爱，或许同时
为了这两者，好解释一下
被单上的油脂，可是你没有，
现在你确信，有个别人
一直在这里，穿着
你的衣服并替你
说话，因为你没有抽出空来。

一个悲伤的孩子

你因悲伤而悲伤。
它是精神性的。是年龄。是化学作用。
去看心理医生或吃一粒药片，
或拥抱你的悲伤，像个盲眼的玩偶
你需要睡一觉。

好了，所有孩子都会悲伤
但一些孩子克服了它。
数数你的祝福吧。更好的做法是，
去买顶帽子。买件外套或宠物。
为了忘却，开始跳舞。

忘掉什么？
你的悲伤，你的阴影，
不管它是那作用在你身上的什么
草坪聚会的那天
当你带着阳光满脸通红地进来，
因为嘴里含着糖而绷着脸，
身穿佩着丝带的新衣裳
而冰激凌弄脏了它，
在浴室里你对你自己说：
"我不是个最受宠的小孩。"

亲爱的，一旦真正
想通的时候
光芒便衰退，烟雾也涌来
你被困在你卧倒的身体中
在一块毯子或一辆燃烧的汽车下，

416

红火苗从你那里渗出来
点燃你脑袋边的柏油路
或者地板，或者枕头，
我们中哪个都不是最受宠的
要不我们就全都是。

在
这
世
俗
之
夜

在这世俗之夜，你四处徘徊
独自在你屋里。此时是两点半。
所有人都把你抛开，
或者这只是你的故事；
从十六岁起你就记得它，
当其他人外出，玩得开心，
大概你这么猜想，
而你不得不照顾婴儿。
你挖了一大铲香草冰激凌
并装了满玻璃杯的葡萄汁
姜汁汽水，打开格伦·米勒[1]的
大乐团爵士乐，
点燃一根香烟，朝灯罩吹一口烟，
哭了一阵子，因为你没有跳舞，
接着你跳舞，独自舞蹈，你的嘴巴上画着紫色的
　　圈儿。

如今，四十年后，万物变易，
现在是小利马豆。
保留一个秘密的恶习是必要的。
这是来自忘记在规定的用餐时间
吃饭之所得。你小心地用文火炖它们，
倒掉水，加进奶油和胡椒粉，
缓步上下楼梯，
用你的指头将它们完全地，从碗中

1　Glenn Miller（1909—1944），美国乐队领队及作曲家，其管弦乐队为爵士乐队时代最受欢迎的乐队之一。——译注

舀起来，大声地和自己说话。
如果你听到一声回答，肯定会大吃一惊，
但那个部分会在之后发生。

词语之间，沉默如此之多，
你说。你说，这被感觉到的上帝的
缺席和被感觉到的在场
其实是差不多的事，
仅仅相反而已。
你说，我有太多的白衣服。
你开始哼唱。
几百年前
这可能会是神秘主义
或异端。但现在不是。
门外有警报声。
有人被车撞了。
这个世纪坚定向前。

等
待

那么，这就是那黑暗的事物，
这黑暗的事物，你等待已久。
你创作了这样的情节剧。

你以为它会带着其特有的薄雾，
遮蔽你，用一种潮湿围裹着，仿佛霉菌
裹住面包。或者，你以为它会隐藏在你的
衣橱，在多年前你因长大而穿不了的衣服中间，
在灰尘与落发中筑巢，接连蜕掉
你伪造的种种皮壳
并长得越来越大，
在你丢弃的衣物中间
磨牙，然后它会从里面
突袭出来，于是你的心脏
将充满咆哮

要不然它会来得迅疾，且无声无息，
但有一只无情闪亮的眼睛，像高速列车，
在脑袋上重重一击而后晕倒。

相反，奇怪地，它像是家。
像你自己的家，五十年前，
十二月，夜晚初临
室内的光变了，从清晰到昏暗，
一道昏暗浓重的黄光，硫磺似的蛋黄，
于是阅读灯打开了
有着棕色的丝质灯罩，它的热铜的
馨香，起居室

摇曳着做菜的气味，

而你蜷缩在硬木地板上，沾着污迹的臂肘
和冬天干皱的膝盖，支在那些漫画报上，
听着收音机，灾难新闻
令你感到安全，
如同你母亲的声音
一再催促你支好桌子
你正竭尽全力不予理睬，
而你第一回，在你一生中
意识到有一天你会老

某一天，你将会变得
像你现在这般老，
而伴着这浓重的黄色灯光
你正阅读漫画的这个家，将会和居住
其中的人们一起消失，包括你，
包括你年轻的、满是污垢的身体
它带着新闻纸、脏兮兮的
膝盖与洗过的棉布衣服的气味，
你会有一副不同的身体
到那时，一副衰老阴沉的身体，
一副你甚至无从想象的陌生人的身体，
你会迷失而孤单。

而现在，正是现在
这黑暗的事物在此，
终究没有什么是新的；

仅仅是个记忆，终究：
一种恐惧的记忆，
一个纸张发黄的孩子的恐惧
你遗忘已久
如今却变为事实。

二
月

冬。正是大吃特吃

和观看曲棍球的时光。白蜡的早晨，这只猫，

一副黑色毛皮，腊肠身段，黄色的

霍迪尼[1]式的眼睛，跳上床来，试图

爬上我的脑袋。这是他的方式

考察我是否已死去。

如果我没死，他想要我挠他几下；如果我已死

他就会考虑考虑。他驻扎

在我胸口，呼吸

打嗝，散发肉和发霉的沙发味，

咕噜咕噜的喉音仿佛一块搓衣板。某一只公猫，

尚未被去势，一直在我们的前门撒尿，

宣战。那是关于性和领土的一切，

将在这漫长赛程中

把我们灭掉。附近的一些猫主人

应该剪掉几只睾丸。如果说我们智慧的

原始人很英明，我们也会那样，

或者吃掉我们的幼崽，像鲨鱼。

但是，正是爱困住了我们。一次

又一次，"他射门，他得分！"而饥饿

蜷缩在床单里，伏击波动的

鸭绒被，而风寒指数达到

零下三十度，从我们的烟囱

涌出的污染令我们温暖。

二月，绝望的月份，

1 可能指哈里·霍迪尼（Harry Houdini, 1874—1926），美国魔术师，以其能从锁链、手铐、紧身衣及用挂锁锁住的箱子中逃脱而闻名。——译注

中央有一颗被刺穿的心。
我想着可怕的思想，渴望吃炸薯条
洒上少许醋。
猫咪，够了你那贪婪的呜呜声
和你小小的粉红色屁眼。
离开我的脸！你就是生活的法则，
多多少少，所以行动起来
带一点儿这周围的乐观主义。
摆脱死亡。庆贺繁殖。促成春天。

芦
笋

这天下午一个男人俯身于
发硬的面包卷和圈形
黄油，并对我说出一切：两个
女人爱他，他也爱她们两个，他
该怎么做？

            太阳
透过细微的褐色的市区空气
向下审察。我将会
为此而受苦：变红，长出
水泡和其他毒瘤。我用手指
拿芦笋吃，他投入
描述中。
他一筹莫展，在自己的
狂乱中精疲力竭。他的胡须上
沾了面包屑。
            我问自己
是否我该等到我的头发变灰
那样我的忠告才会更好。
我可以皱起我的眼皮，
看起来聪明点。我可以养一只宠物蜥蜴。
你没有发疯，我告诉他。
别人都经历过。我也是。
棘手的爱总比没有爱强，
我猜想。我不是健全生活的
权威。

都是对的

也完全无法补救，因为
这种形式的爱就像痛苦的
分娩：如此剧烈
过后却难以记起，
不然它会把你推进怎样的
尖叫与扭曲。

串肉扦上，小虾上来了，
庭院中的树解开
它们黄色的毛虫，
花粉撒到我们的肩头。
他想要她们两个，他叙述
痛苦，咖啡
上来了，总之我吃惊于
他的愚蠢。

我坐着，看着他，
以一种惊奇的表情，
或是嫉妒？

听着，我对他说
你非常幸运。

红
狐

红狐穿过冰面
不想与我相关。
这是冬天，没什么可猎食。

我站在灌木茂密的墓地，
假装观看飞鸟，
实际却在观察
这只不在乎我的红狐。
她停在池塘透明的
冰面上。她知道我在那里，
从吹过她肩头的风中嗅出我。
如果我有一杆枪或一条狗
或一颗残酷的心，她也能嗅出来。
她不会从这种机敏中一无所获。

她是一只瘦瘦的雌狐：我能看到
肋骨，狡猾的
骗子的眼睛，充满渴望
与绝望，以及瘦削的
双足，精于撒谎。

为什么要鼓励那种
道德贫乏的观念？
它只是一种
无施舍的借口。
饥饿引起堕落，绝对的饥饿
引起绝对的堕落，
或几乎如此。当然还有母亲们，

榨干她们的胸脯，

当掉她们的身体，

为她们的孩子而脱落了牙齿，

或者说那才是我们喜爱的信仰。

但是记住——亨舍尔

与格莱特[1]被丢弃在森林里

因为他们的父母饿得要死。

人人为己。[2]为了生存

我们全都变成了贼

和无赖，这狐狸大约如是说，

披着一件一流无赖的大衣，

她的微笑，一把白刀子，

她确实知道她要去哪里：

偷点什么

不属于她的东西——

一些鸡，或再多一次机会，

或其他生命。

1　Hansel and Gretel，格林童话故事之一。——译注

2　原文为法文 sauve qui peut。——译注

II

七月小姐变老了

还能持续多久我
这他妈的可爱？
没多久了。
带蝴蝶结的鞋子，精巧的内裤
胯部印着标语——"请敲这儿"，
等等——
必须丢掉，连同这套紧身运动衣。
不久你就会忘记
你真正看起来像什么。
你以为你的嘴巴还是原来那么大。
你假装满不在乎。

当我年轻时我常用头发
遮住一只眼，以为我自己胆子大；
穿着我时髦笔直的
筒裙和弹性腰带离家去看电影，
嚼着口香糖，把口红
印，以感激的、富有弹力的叹息的
形状，留在那些我几乎不认识
也不想认识的男士们的香烟上。
男人是一种技能，你得拥有
好手艺，把气息注入
他们的鼻孔，就像对马那样。那是我做得挺好的事，
就像吹奏长笛，虽然我不吹。

在布满灰色树干的森林里，有长年存在的水池，
彩色的小湖，被褐色的树叶阻塞。
通过它们你能够看见一条胳膊，一只肩膀，

431

如果光线合适，天上有云彩。
火车经过筒仓，经过牧场，
田野上的冬小麦仿佛稀疏的皮毛。

我仍然收到信件，尽管不多。
一个男子写信给我，要求我提供关于糟糕的
性的真实生活的故事。他在编一本诗文选。
他从一本老日历上得到我的名字，
多半是屁股加雏菊的照片，
那时我的肌肤有着新敷过的
人造黄油般的金亮水滑。
不是强奸，他说，而是失望，
更像是一种期待的落空。
亲爱的先生，我回答，我从来没有那样的故事。
糟糕的性，我是说。
从来就不是性，那是其他事物，
鲜花的缺席，死亡的威胁，
吃早餐的习惯。
我注意到我用的是过去时。

尽管化学制品那冒着蒸气的云包裹你
就像一只容光焕发的蛋壳，一种熏香，
不消失：只是变大
并吸收更多。你成长于
性，像一条缩水的裙子
变成你的常识，那些你与任何倾听者
分享的东西。太阳移动
穿过时日的方式变得重要，

那窗子上涂着的
雨点，路边野草的
萌芽，一条阴冷沟渠里
溢出的油脂的光辉
充满了泥浆污水。

别误会我：关了灯
我还会与任何人较量，
如果我有精力备用。
但是不久，这些肉感的琶音变得令人厌烦，
就像一遍又一遍地听巴赫；
过多的一种赞颂。

当我全身心投入时我很懒惰。
我有一种轻松人生，而且不知感激。
如今我已不止一个我。
不要混淆我和我的母鸡腿般的肘关节：
你所得到的不再是
你所看见的。

马奈的奥林匹亚[1]

她斜躺着，差不多就那样。
试试那种姿势，几乎算不上无精打采。
她的右臂摆成锐角。
用她的左臂，她掩藏起她的伏兵
穿着鞋，却没有袜子，
多么邪恶。她耳朵后面的
花自然不是真的
花，而是从沙发
布料中裁下的一片。
窗子（如果有）是关着的。
这是室内的罪恶。
在这位（衣衫整齐的）女仆的头顶上方
是一个看不见的发声气球 :"荡妇。"

但是。请仔细观察这个身体，
不虚弱，带有挑衅性，苍白的乳头
盯住你的靶心。
也请仔细看看围绕在脖子上的
黑色丝带。它下面是什么？
一条精美的红色丝线，这颗头颅
曾被割断而后又重新黏合好。
这件身体正待出售，
但仅到脖子为止。
这不是一块可口的点心。
给她穿上衣服，你就会看到一个教师，
那种拿着脆弱的教鞭的教师。

1　Edouard Manet（1832—1883），法国画家。《奥林匹亚》是其代表作。——译注

这间房子里另有其人。
你，窥视者先生。
至于你的那个物件
她已经见过那些，更好的。

"我，头颅，是这幅画
唯一的主体。
你们，先生，是家具。
滚蛋吧。"

他是那个在我变化之前
看见我的人，
在树皮/毛皮/雪封住
我的嘴巴之前，在我的眼睛长出眼睛之前。

我不该表现出惧怕，
或不该露那么多腿。

他露出难以置信的表情——
"我不是有意要看！
只是，她的脖子比我
想象的要脆弱得多。"

诸神不会倾听理由，
他们需要他们的必需品——
那脊骨底部晒黑的
纹线，那些漱口水般的牙齿，
那珍珠般点缀上唇的
汗滴——
抑或那是在法庭上所说的话。

为什么交谈，当你可以耳语？
沙沙地，如同干叶子。
在床下。

1　达芙妮（Daphne），希腊神话中为躲避阿波罗的追逐而变作月桂树的女神。劳拉
（Laura），拉丁名，意为"海湾之树"。——译注

这里很丑陋，可是更安全。
我有八根手指
和一只壳儿，住在角落里。
我整夜不睡。
我致力于
我自己的这些观念：
毒液，一张网，一顶帽子，
某种最后的手段。

他在奔跑，
他正请求着，
想要这要那。

克
瑞
西
达
致
特
洛
伊
罗
斯
：
一
件
礼
物

¹

你迫使我给你有毒的礼物。

我只能这么认为。

我给你的每一样东西都是要摆脱你

就像人们对待乞丐那样："给你。走开。"

第一次，甚至第一句话

就是为了响应你沉默的喧闹

而不是为了爱，因此也不是

一件礼物，而是将你从我的头发

或无论我的哪个部分中请出去，你秘密地

潜入，蹑手蹑脚地爬上楼梯，

所以无论何时我转过身去，给水仙

浇水，刷我的牙，

你都在那里，只是刚好，在我目光的

一角。在外围。一个漂浮物。没有人

曾告诉过你，贪婪与饥饿

并不等同。

这一切是如何开始的？

带着怜悯，那脆弱的天使，

用她潮湿的粉红眼睛以及带黏液的薄膜般的

光滑的翅膀来了。

她带来了如此之多的麻烦。

但是，我曾给予你的一切都对你无益；

1　克瑞西达（Cressida）：中世纪浪漫文学中的一个特洛伊妇女，她开始时回报特洛伊罗斯 (Troilus) 对她的爱，但后来又因为狄俄墨得斯而背弃了他。——译注

就像给金鱼喂白面包。
它们往肚里吞呀填呀，结果杀死了自己，
它们漂在池水上，肚皮朝天，
扮着晕眩的鬼脸
并利用我们的负疚感
仿佛它们自身中毒的贪食
不是它们的错。

你依然在那里，在窗外
你的双手依然露在外面，依然
神色黯然，目光呆滞，依然表现出
愚蠢的天真和饥饿。

好吧，拿上这个。再多来点身体。
喝吧吃吧。
你只会使你自己生病。病得更深。
你得不到治愈。

不知何故我从未成功地

被认真对待。他们总是给我

穿上有褶边的东西：露肩的

宽松上衣，西班牙舞者穿的

层叠的荷叶边裙子，尽管我从未

显出十分高傲——我总是很想

眨眨眼，与其展示悲剧性的

伸长的脖子，不如秀一片腰窝肉。现在看看

我：一种阴道般的热辣粉红，

如同一只装泻药的瓶子般鲜亮——

鉴于这些人陪伴左右，便不是一种可敬的

色彩。让我们面对它：当我曾经

在这副肉身当中，变得美丽并且

成长为一个女人，这本就是一桩

玩笑。男人们想要将我

钉在战利品陈列室里，如果可能

就钉在台球桌上，女人们则简单地要抠出

我的眼睛。我，我宁愿

自己过得快乐——有一点无忧无虑的

爱情，一些欢笑，少量酒——

但是那不是一个选项。

给我带来分量的

是什么？物质？对他们来说。

长长的犬齿？复仇？

一只藏在我裙子里的细高跟鞋，

1 Ava Gardner（1922—1990），好莱坞著名影星。——译注

一条偏灰的命运彩虹
仿佛一圈腐臭猪油的光环——
或者更好点儿：穿上盔甲，
骑马穿过大草原，率领一支由武装的
凶手组成的游牧部落。那会给你塑一尊雕像，
铜的或石头的，一副高傲的眉头紧锁样
——下颌咬紧好像在咀嚼——
像是由那些清醒的
市民竖起的雕像一般，多年后，
却是为所有可悲的破坏者而准备。

好吧，让他们见鬼去吧。我宁愿
变成一朵花，就是这一朵，多么像
在一场中学舞会上
用卫生纸做的一个装饰品。
哪怕第二天
被门卫踩踏在脚下
打扫出去，就连这沮丧的调情，
这弄皱的薄纱，就连这笨拙的接吻
在停车场，这脖子肥胖
髋部如扁瓶子的男孩，甚至连这不舒服的摸索
穿着用金属线支撑的紧身衣，长着雀斑的
双乳间的廉价香水味，都比他们全部的
历史更好，污迹斑斑的
旗帜，干燥的羊皮纸，层层死者的骨头
他们觉得如此庄严，大屠杀
他们喜欢记住它们，并告诉
他们的孩子们也要为之祈祷

这里，他们仇视花束，无思想的
植物学的愉悦，阳台上
一两杯葡萄酒，
桌子下面，赤裸的腿
倚靠着白色的裤子，那古老的花招
与维系生命的谜，使万物运转如常的
生命之水的陈词滥调，
艳俗而又无价，微风
拂过如今或许是
我的树叶，我紧闭的
绿眼睛，我可以忽略的
粗俗而脆弱的、发着白炽之光的花瓣，
而这许多的嘴巴，搽满口红，艳丽
而湿润，随着亲吻打开
在一间温室内，噢我会不惜一切
为了再次获得它，活
生生的，这肉体，
这自始至终无论如何
我都曾拥有的肉体。这欢乐。

这世上满是女人
她们会告诉我我该为自己感到羞耻
如果她们有机会的话。放弃跳舞。
多一些自尊
并找一份全日工作。
对了。以及最低工资，
与静脉曲张，只是站
八个钟头，在一个地方
一张玻璃柜台的后面
齐脖子全身包好，而不是
像一只夹肉三明治那样裸着。
卖手套，或别的什么。
而不是卖我所卖的东西。
你得有才干
叫卖一样如此模糊
而没有物质形式的东西。
"被剥削"，他们会说。是的，不管
你怎么看它，可是我有一个选择的
方式，而且我会挣到这笔钱。

我确实提供价值。
就像传教士，我出售幻象，
像香水广告，欲望
或它的摹本。像笑话
或战争，全在掌握中。
我把男人们最糟的怀疑卖还给他们：
一切待售，
一切零零碎碎。他们凝视着我并预见

一场就将发生的链锯谋杀，
当大腿、屁股、墨迹、裂缝、乳房和乳头
依然相连。
如此的憎恨在他们之中跳荡，
我的啤酒般的崇拜者！那，或者是一场朦胧
无望的爱。看见成排的头
和向上翻的眼睛，哀求着
但准备咬住我的脚踝，
我理解洪水和地震，以及踩在
蚂蚁身上的迫切。我遵照这个节拍，
为他们跳舞因为
他们不能。音乐闻起来像狐狸，
易碎如同被加热的金属
灼伤的鼻孔
或湿润如八月，迷茫而懒散
如同一个城市被劫掠后的一天，
当所有的强奸都已
干完，屠杀也已结束，
而幸存者四处游逛
寻找垃圾
吃，仅存一种凄凉的疲惫。

说到这儿，是微笑
最让我疲劳。
这，还有伪装
因为我听不到他们。
我听不到，因为对他们而言
我毕竟是个外国人。

这里的说话方式尽是些有肿瘤的喉音，
显然像一块火腿，
但是我来自众神的省份
那里，意义哼着轻快的调子，转弯抹角。
我不泄露给任何人，
只是靠近时，我将低语：
我的母亲被一只神圣的天鹅强奸。
你相信吗？你能够带我出去吃饭。
那是我们告诉所有丈夫的话。
当然四周有很多危险的鸟儿。

除了你之外在场的
任何人谁都不理解我。
他们中其余的人想要观看我
并且毫无感觉。把我简化为组成成分
就像在一个时钟工厂或屠宰场里。
榨出神秘成分。
在我自己的身体里
筑墙，把我活活地封住。
他们想看穿我，
可是没有什么比绝对透明
更加不透明的了。
看啊——我的双脚没有撞到这块大理石！
像呼吸或一枚气球，我上升，
我悬浮在六英尺的空中
在我炽热的发光的天鹅蛋中。
你认为我不是个女神吗？

走着瞧。

这是一首火炬之歌。

抚摸我，你将燃烧。

一个男人看着

一个男人看着一个漂亮女人
试图带他穿过一扇门，
他和他的腿夹板：金属
铸造的笨拙的壳，
他身体外表的弹片
来自一场他一定已忘记
或根本就没有打过的战争。他身上的
某根长钉被击落在那里了。她俯身
而他则看着她优美的臀部，并思考"臀部"，
于是他想到："一只梨子在盘子里，
而且，下面，是两只苹果。"
他不信他会如此陈腐，
像某些低劣的没有创造性的画家，
因此从她身上移开。那些不是大腿吗？
那不是毛发吗？他打开大腿，抚摸这毛发，
啥也没唤起。他想得更猛，试试"阴户"；
一个词儿，像汽车发动机里的一部分，
某种用橡胶制成的东西，一根涂了油的真空管[1]
挤榨着并且把它自己从里到外翻开。
没希望。一次
他本可以嗅到她，
春天池塘和软洋葱的辛辣
混着一种腼腆的除臭剂的味道，
孔眼和腋窝，以及远处
柳树的咕哝，日光照射的
草叶在她身下被压倒，

1　vulva（阴户）和 valve（真空管）形似。

但是现在她没有了这种光晕。

她站起来对他微笑，
一种如此透亮的微笑
他在其中起皱，就像冒蒸气的
牛奶的表皮那样。
对于她来说，他什么也不是，只是行李
她必须从一个房间拖到另一个房间，
或者一条她必须善待的病狗。
她说："我们还要再试试吗？"
他想："我很生气。"她拉住他的胳膊。
他想："我就要死了。"

他是那种类型的人，

不忍伤害一只苍蝇。

许多苍蝇如今依然活着

而他却已死去。

他不是我的守护神。

他宁要满满的谷仓，而我宁肯战斗。

我的咆哮意味着屠杀。

不过在此，我们却一起

在同一个博物馆。

那不是我看到的，尽管，陆陆续续的

成群的目不转睛的孩子

正在上多元

文化的灭迹这门课，渐渐消逝[2]

诸如此类。

我看见我出生或被造出的

那地方的神殿，在那里我拥有权力。

我看见沙漠的那一边

那里炎热的圆锥形坟墓，从远方

看去，坦率地讲，如同蠢人的帽子，

隐藏我的玩笑：干枯的肉

与骨头，木船

那上面死者们驾着船无休止

无目标地航行。

1　赛赫美忒（Sekhmet），古埃及神话中的狮首女神，孟菲斯三柱神之一，普塔神的妻子，内菲尔特穆神（Nefertem）的母亲，太阳神拉的女儿，被奉为战争女神。以头戴太阳圆盘雌狮面女人身形象出现。受到与底比斯玛奥特女神（Maat）同样的尊崇。——译注
2　原文为拉丁语 sic transit。

449

从长着动物脑袋的神那里
你期待过什么？
尽管其实
那些稍后被创造出来的人，完完全全的人，
也不是什么好消息。
"请帮我，给予我财富，
毁掉我的敌人。"
那似乎才是重点所在。
哦是的："请拯救我免死。"
作为回报我们获得鲜血
和面包，鲜花与祈祷，
以及口惠。

也许在我错失的这一切当中
有某样东西。但是如果它是你
所寻求的无私之爱，
你就拜错了女神了。

我只是坐在我被安置的地方，用石头
与痴心妄想做成的我：
这为了取乐而杀戮的女神
也将治愈，
那在你的梦魇中间，
最后的一位，一只善良的狮子
将会出现，她的嘴里含着绷带
并且有着一个女人柔软的身体，
她舔干净你的高烧，
她舔你的后脖颈温柔地提振你的灵魂，
她抚摩你进入黑暗与天堂。

III

浪漫

男人和他们悲伤的浪漫主义
并不能将碗碟洗干净——
那是自由，那被打碎的红酒杯
在冰冷的壁炉内。

当女人清洗内衣裤，那是一桩琐事。
当男人干这种活，就成了一件迷人的痛苦。
多么悲哀，这潮湿的短袜立即鼓翼而飞，
在这孤儿般的空气中是多么迷惘而孤单……

她珍视那份悲伤，
告诉他，让他在草地上躺下，
用一根手指合上他的双目，
敷上她的身体，像一帖膏药。

你这可怜的东西，这个澳大利亚女人说道
当他抱着我们的孩子——
好像我强迫他这么做，
好像我把我的高跟鞋踏在了他脸上。

但是，谁上当了？
每一次？
我们，以及我们空空的双手，
饥饿的护士的双手。

我们想要在他们的皮肤上看到的是弹孔，
伤疤，还有触摸它们的机会。

细
胞

现在客观地看。你得
承认，癌细胞是美丽的。
如果它是一朵花，你会说，"多美"，
有着紫红的蕊和粉红的瓣

或者如果是一本柔软的三十年代
科幻杂志的封面，"多么吸引人"；
如同一个外星人，一位成功者，
所有癌细胞都有紫色的眼睛与果子冻的触须
和刺，或者它们是腮，
蠕动在颗粒状的火星周围
土红色，仿佛身体的内部，

当它柔嫩的细胞壁
扩展并且爆裂，它的孢子
到处扩散，生根，就像钱，
漂流如同一本小说或
瘴气，从人们的脑子里
进进出出，勤勉地
挖着工事。实验室技术员

说："它已忘记
如何去死。"但为什么要记得？它想要的是更加
健忘。更多的生命，以及更丰富的生命。得到
更多。吃得更多。复制它自己。继续
永远地做那些事情。这类欲望
并不陌生。照照镜子吧。

军事史家的寂寞

坦白：是我的职业
让你惊恐。
这是为什么几乎无人请我吃饭，
尽管天知道我不会竭尽全力去引起惊慌。
我穿着裁剪有度的裙子
以及浓淡不会惊动人的米色，
我闻起来有薰衣草的香味，去见理发师：
我没有女先知浓密的长发，
装备着一条条蛇，那会吓着年轻人。
如果我转动双眼并咕哝着，
如果我抓住胸口并恐怖地惊叫
就像一位三流女演员毁掉一个疯狂的场景，
我会私下里这么干，没人看得见
除了浴室里的镜子。

总之我同意你的看法：
女人不应该沉思战争，
不应该公正地衡量战略，
应或规避"敌人"一词，
或观察战争双方却不置一词。
女人应该为和平示威，
或发送洁白的羽毛以唤起勇气，
唾弃刺刀
以保护她们的婴儿，
反正婴儿们的头会被割掉，
或者，被反复强奸之后，
用她们自己的头发吊死自己。
这些都具有激发总体安慰的功能。

此外，还有为军队编织短袜
并给予一种道德上的喝彩。
也可以：哀悼死者。
儿子，情人，等等。
以及所有被杀害的孩子。

与此相反，我所说的
我希望被当成是真相。
一件钝物，并不可爱。
真相很少受欢迎，
尤其是在晚餐时，
尽管我精通我的行当。
我的买卖乃是勇气和残暴。
我看着它们却不加谴责。
我按照事情发生的方式写下它们，
接近我所能记得的。
我不质疑"为什么"，因为结果几乎一样。
战争发生，因为发动它们的人
都以为他们能赢。

在我的梦里有魔力。
维京人离开他们的田地
每年中有几个月的杀戮和抢掠，
酷似男孩们出去打猎。
在现实生活中他们是农民。
他们满载而归。
阿拉伯人骑着马抗击十字军
挥舞着那些能够在空中

斩断丝绸的月形刀。

朝着马的脖子一个迅疾的猛砍

大块的盔甲坍塌

就像一座塔。火焰对抗金属。

一个诗人也许会说：那是浪漫对抗陈腐。

当我醒来，我就不再相信了。

尽管有宣传，却没有怪物，

或没有一个最终被埋葬。

干掉一个而环境

和电台就会创造另一个。

相信我：整个军队整夜向上帝热诚祈祷

而且真心诚意，

无论如何都会被宰杀。

残忍经常得胜，

而巨大的后果引发了一种机械装置

即雷达的发明。

真的，勇猛有时是有所值的，

就像在塞莫皮莱[1]。有时是合理的——

尽管最终的美德，根据既定传统，

是由得胜者决定的。

有时候男人们自己猛扑向手榴弹

像装着内脏的纸袋一样爆炸

为了拯救他们的同志。

1　Thermopyla，希腊东部的一片多岩石平原（古时曾是一山口），俗称温泉关，山势险峻，是兵家必争之地。公元前480年，波斯国王薛西斯 (Xerxes) 率领大军进攻希腊，希腊斯巴达三百位勇士就是凭温泉关山隘之险顽抗强敌，将两百万波斯入侵者阻断了数日。他们最终虽然全部战死，但却为希腊各城邦赢得了宝贵的抗敌时间，从而取得了温泉关战役的最后胜利。——译注

我可以钦佩这一点。
但是鼠疫和霍乱却赢得了许多战争。
以上那些，还有土豆，
或它们的缺乏。
把所有那些勋章别在死者的
胸前是没有用的。
虽然感人至深，可是我太知道了。
丰功伟绩只会令我不快。

为了研究
我走遍许多战场
那里曾经漂泊着垂死的
男人的尸体，闪烁着炸碎的
炮弹与裂开的骨头。
所有这一切都已再次染上了绿色
当我到达那里的时候。
每本书都激发出少许它自己时代的好的引文。
悲哀的大理石天使沉思，如同母鸡
待在多草的窝中，什么也孵不出。
（这些天使也可以这样被描述为"平庸"
或"无情"，取决于照相机的角度。）
"光荣"一词取决于各种入口。
当然我从每个地方摘了一朵或
两朵花，并将它压在旅馆的《圣经》里
作为一个纪念。
我也和你一样是个人。

但是向我要求最终的陈述是没有用的。

如我所说，我经营战略。

也经营统计学：

为了每一年的和平，就会有四百年的

战争。

沼泽的语言

这黑暗柔软的语言正在被压制：
母语　母语　母语
一个接一个落回到月亮里。

沼泽的语言，
在软泥中纠结到一起的
灯心草根的语言，
骨髓细胞孪生它们自身
在骨头温暖的核心：
身体中隐藏的光的路径晦暗而明灭。

齿擦音与喉音，
洞穴的语言，喉咙后面
形成的半亮，
嘴的潮湿天鹅绒铸造
迷失的音节"I"，并不意味着分离，
一切正变成不再被听到的
声音，因为不再被说起，
而在它们之中曾经能够被说出来的已经不存在了。

垂死的恒星的语言
自身正在衰亡，
但甚至连关于它的词语也被遗忘了。
嘴巴依靠皮肤，生动而枯萎，
不再能够同时说到珍爱和再会。
如今只有一张嘴，只有皮。
不再有渴望。

翻译永远不可能。
而总是只有
征服，坚硬的
名词的语言的涌入，
金属的语言，
非此即彼的语言，
吞噬了其他语言的唯一的语言。

没
有
青
蛙

这些疼痛的树抛下它们的叶子
太早了。每根嫩枝收缩
闭合，如一只被刺戳的蛤蜊。
不久将会有一层飞雪热情的薄纱
灼烧树根。

春天流逝中的酒，
纯净的防冻剂；
溪水的蠕虫醉酒并燃烧。
蝌蚪在污水坑中死灭。

一条鳗鱼过来了，长在它颊上的
一只眼睛瞎了。
你会煮了它吗？
如果可能你会的。

人吃了生病的鱼
因为没有别的可吃。
于是他们出生时就有了毛病。

这不是运动，先生。
这不是好天气。
这不是蓝色和绿色。

这是家。
去任何地方旅行一年，五年，
但你最终将回到这里。

吊到半死的玛丽[1]

傍晚七点

谣言在空气中四散，
搜寻某根脖子好降落。
我正在给母牛挤奶，
谷仓大门朝着落日敞开。

我并未感觉到这瞄准了的词语击中
并射进来像一粒柔软的子弹。
我并未感觉到这被打碎的肉体
淹没它如同水
淹没一块扔进来的石块。

我因为独身而被绞杀，
因为有蓝眼睛和一身晒红的皮肤，
破烂的裙子，几乎没有扣了，
因为一块我自己名下的杂草丛生的农庄，
以及一种成功治愈肉赘的疗法。

哦是的，还因为有乳房，
和藏在我身体内的一颗甜蜜的梨子。
不管何时只要有魔鬼的谣言
这些迟早都会派上用场。

1　"吊到半死的玛丽"指的是玛丽·韦伯斯特（Mary Webster），17世纪80年代，她被指控在马萨诸塞州一个清教徒的小镇上施行巫术，并被判吊死在一棵树上。根据几种留存下来的记述，其中一种说她被吊了一整夜。据称当她被放下来时依然活着，自那以后，她又活了十四年。——原注

晚上八点

这根绳索是一个即兴之作。
如果有时间他们会考虑斧子。

我上升像一颗被风朝反方向吹的果子，
一颗变黑的苹果落回到树上。

捆绑的双手，塞住我嘴巴的抹布，
一面旗帜升起朝月亮致敬，

垂老的骨感面庞的女神，古老的原型，
曾经用血交换食物。

镇上的男人们昂首阔步朝家走去，
为他们的仇恨表演而兴奋，

他们自己的罪恶由里外翻如一只手套，
而我正戴着它。

晚上九点

女帽过来凝视，
深色裙子也来了，
朝上抬起的脸庞在二者中间，
嘴巴闭得如此之紧她们没有嘴唇。
我能朝下看进她们的眼洞
与鼻孔。我能看见她们的惊恐。

你是我的朋友，你也是。
我治好了你的孩子，太太，
并把你的孩子从你身体里冲洗掉，
不为人妻者，我救了你的命。

救我下来吗？你们不敢。
我可能污染到你们，
就像煤烟或流言蜚语。同一种
羽毛的鸟儿一起燃烧，
尽管通常渡鸦是离群索居的。

在这样一个集会中
安全的地方是背景，
假装你们不会跳舞，
安全的姿势是伸出一根手指。

我明白。你们不能出让
任何东西，一只手，一片面包，一条
御寒的披巾，
一句好话。上帝
知道没有更多的东西
可以提供。你们需要它的一切。

晚上十点

好吧上帝，现在我挂在这里
或许还有点儿时间可以打发
远离日常的

手指工，腿脚工，那种
母鸡水准的劳作，
我们可以继续我们的争吵，
那关于自由意志的争吵。

是我的选择吗，我正摇摆着
像从这棵不只是无关紧要的树上
垂下的一块火鸡垂肉？
如果**自然**是**你的**字母表，
那么这根绳索的字母是什么？

我扭动着的身体是否拼读为**优雅**？
"我痛，故我在。"
信仰，仁慈和希望
是三位死亡天使
降临如同流星或
燃烧的猫头鹰，穿过
你面孔的深邃而空阔的天空。

午夜十二点

我的喉咙紧张地抗拒着绳索
它闷死了词语和空气；
我变成了打结的肌肉。
血液在我的头颅内膨胀，
我紧咬牙关将它抑制；
我咬紧着绝望。

死神坐在我的肩头像一只乌鸦
等待我那被挤榨的甜菜根般的
一颗心脏炸裂
他就能吃掉我的眼睛

或者像个法官
咕咕哝哝着荡妇和惩罚
并舔着他的嘴唇

或者像一个黑天使
阴险，披着他光滑的羽毛
朝我耳语说我自己该
放松些。最终要低声地说出。
"相信我。"他说，并爱抚着
我。"为何受苦？"

一种诱惑，沉入
到这些定义当中。
反过来成为一个殉教者，
或成为食物，或成为垃圾。

放弃我为自己而说过的词语，
我自己的拒绝。
放弃见识。
放弃痛苦。
放开。

凌晨两点

从我的嘴巴里面，与我有
一段距离，传来一种细细的咬啮声
你会把它和祈祷混起来只是
祈祷并不是被迫的。

还能是什么呢，上帝？
也许和我曾以为的比起来
这更像是在被勒杀。也许它
是一种喘气，祈祷。
这些在圣灵降临节的男人们
想要火焰从他们的脑袋里射出来吗？
他们要求过在地上
抽穗吗，像圣禽般喋喋不休，
眼珠子凸出吗？

就像我的，就像我的。
只有一种祈祷；不是穿着干净睡袍
双膝跪在针织地毯上，
"我要这，我要那。"
哦更多。
称之为"请求"。称之为"仁慈"。
称之为"还没有，还没有"，
当天堂预示内部会爆炸成
火焰与撕碎的肉，而天使们乌鸦般啼叫。

凌晨三点

风儿在围绕我的树叶间
沸腾树渗出黑夜
鸟儿黑夜的鸟儿在我耳朵里面
鸣叫就像被刺穿的心脏我的心脏
在我飘动的衣服中结结巴巴
身体我摇摆着气力从我身上
离去风儿沸腾
在我身体里撕碎着
词语我攥紧
双拳**没有**握着
护身符或银环我的肺
猛烈击打好像正淹死我要求
你为我作证我确实没有
罪我出生我已经忍受我
忍受我将出生这是
一桩罪过我不会
承认叶子和风儿
支撑我
我不会屈服

早晨六点

太阳升起,巨大而耀眼,
不再是上帝的一个明喻。
地址错了。我已经到过那里。

时间是相对的，我来告诉你们吧
我已经活了一千年。

我想说我的头发变白了
一夜之间，但是它没有。
相反是我的心：
褪了色就如同水中的肉。

而且，我还高了三英寸左右。
这便是当你们漂流在太空聆听
炽热的星辰的福音时
发生的一切。
无限多的针尖扫射我的大脑，
一种耳聋的启示。

在我的绳索末端
我为沉默作证。
不要说我没有感激。

大多人只会有一次死。
我会有两次。

上午八点

当他们来收割我的尸体
（张嘴，闭眼）
割断绳子放下我的躯体，
惊诧，惊诧：

470

我还活着。

你们运气真背啊，亲们，
我知道这条律法：
你们不能两次处死我
为了同一件事。多么好。

我倒在苜蓿上，吸进它的气味，
并张开牙齿对他们
露出一脸浪笑。
你可以想象那是如何受欢迎的。

现在我只需面朝
他们看去，用我天蓝色的眼睛。
他们看到他们自己的恶意
正盯住他们的额头
然后转身。

此前，我不是一个女巫。
可是现在我是。

后来

我的皮肉时强时弱
围绕我真正的身体，
一道柔和的光轮。
我掠过道路和田野
我喃喃自语好像发了狂，

嘴里充满多汁的形容词
以及紫色的浆果。
镇上居民不顾一切地冲进灌木丛
为了躲避我。

我第一次的死盘旋在我的头上，
一道模糊不清的光轮，
我痛苦考验的大奖章。
没有人穿过那个圆圈。

我已因为从未说过的某事
而被绞杀，
我现在可以说我能说的一切。

神圣闪烁在我肮脏的手指上，
我吃花朵和粪便，
同一样事物的两种形式，我吃下老鼠
并吐露感谢，亵渎
闪光并炸裂在我身后
像可爱的泡沫。
我用不为人知的语言说话，
我的听众是猫头鹰。

我的听众是上帝，
因为除了这该死的之外谁还能理解我？
还有谁曾经死过两回？

词语在我之中沸腾，

错综的可能性的盘绕反复。
宇宙从我的嘴巴里揭开，
全部的完满，全部的空无。

猫头鹰燃烧

向下几英寸，土壤阻塞
像一扇闩住的门。一场严酷的霜冻而那就是
剩下的未被收获的一切。

为什么一个老女人应该吸收这片空间，
这本应给予孩子们的，黑色的根
以及红色的果汁？

当然她施了魔法。
当你那样饥饿
你就需要这类钓钩和锐爪。

午夜她屏住呼吸，张开她的手指，
于是猫头鹰的羽毛遍体萌生
像肉上长出霉斑，只是更快。

我自己就见过她，捕杀老鼠
在月光下。寂静
似一根蜡烛朝一只手投下的阴影。

一个好伪装，但我知道那正是她
第二天，根据从她的头发中
发现的这根白色羽毛。

她燃烧得完全，厚厚的脂肪起火。
制造阴沉的尖叫。把她令我们失去活力时
拿走的东西归还到空气中。

她可能保全了她自己
用她白色的猫头鹰的声音
但是我们起先就把她切成了几块

所以她飞不起来。
手指，那些是翅膀。
看着她烧焦，然后我们就喝醉了。

她的心脏是这块余烬
我们用来重新点燃我们的炉子。
这是我们的文化，

和你们的无关。
你们有着柔软的双足。
你们不知道那感觉如何，
离岩床如此之近。

向下

一

有关太阳他们错了。
它并不是在夜里
下落到阴间。
太阳仅仅离去
而后阴间出现。
它随时都会发生。

它会在早晨发生，
你在厨房准备
你温和的常规早餐。
盘子、杯子、刀子。
突然没有了蓝色，没有了绿，
没有预警。

二

古老的细线，古老的
墨水的线扭曲到这片我们称为
空间的晴朗中
这一次你要带领我去哪儿？

越过炉子，越过桌子，
越过地板日常的水平
方向，越过地窖，
越过这可信的，
下到黑暗之中

在那里你倒立，发光。

三

起先你以为她们是天使，
这些白化病的声音，这些声音
仿佛雕像未曾油漆过的眼睛，
这些喑哑的声音如同手套
里面没有手，
这些蛾子鼓翅的声音
困扰在你的耳边，
试图让你听见它们。

它们需要什么？

你在自己身上切开一块，
一个狭小的口子
好让痛苦进来。
你从你的血液里引出三滴鲜血。

四

这是
未被说出的王国，
不被言说的王国：

那些被战争毁坏的人
那些正在挨饿的人

那些被毒打致死
并被埋在深坑里的人，那些出于私利
或金钱的原因而被分身的人
所有那些哀嚎着
在上了锁的房间里的人，所有被献祭的
孩子，所有被谋杀的新娘，
所有自杀者。

他们说：
"为我们辩护"（向谁）
有人说："为我们复仇"（对谁）
有人说："代言。"
有人说："见证。"

其他人说（这是些女人）：
"为我们高兴吧。"

五

那儿有楼梯，
那儿有太阳。
那儿有厨房，
盘子里装着面包片和草莓酱，
你的托词，
你的日常幻想。

你手染鲜血。
你想在泥土、岩石

和草中清洗你自己

失去了那么多
你还应该做什么?

加利福尼亚一家粉红旅馆

我父亲用他的斧子砍，
树叶从树上落下。
那是一九四三年。
他砍柴过冬。
他的枪靠在门后，
边上是他那双涂了鹅油的工作靴。
烟从金属烟囱里飘出来。

夜里我睡在一张双层床上。
波浪轻拍湖岸。
上午的天气如此冷，
我们能看到我们的呼吸
以及布满岩石的湖岸上的冰。
我母亲用耙子收集
烤炉下面的灰。

这又舒服又安全，
空空的林子里的砍伐声，
烟的气味。
那是一九四三年。
下雨后我们就搞一大堆篝火。
孩子们围着它跳舞，
唱的歌和战争相关
而战争正在别处发生着。
它们的情况怎样，那些词语
一度辉映着如此
光洁的无辜？
在我嘴里我滚动它们如弹珠，

它们味道纯正：
烟，枪，靴子，炉子。
火。散开的灰。冬日森林。

我坐在一间粉红房间里；
衣柜有着
古老的人工钻成的虫洞。
不制造更多
难道就没有足够的过去吗？
那是一九四三年。
那是一九九四年，
我能听见砍伐的声音。
因为这海洋，
因为这战争
它不会驻留在波浪和树叶底下。
地毯有灰的味道。

这是家粉红旅馆
这儿一切重现
而别处一无所有。

IV

冰川里的男人

瞧一瞧：他们在一片冰川里发现了一个男人，
两千，或三千年前的，
样样事物俱全：鞋子、牙齿，和箭，
紧闭的眼睛、皮帽子，他佩戴的护身符保佑他
免得被雪冻死。他们以为他一定
是一位信使，被坏天气累倒，
依然如一只乳齿象那样新鲜。然后就是

地下室里装幻灯片的箱子
我兄弟发现的，我们用来
粘在两块玻璃之间的那种。后来发现
还是不能防止霉菌。
稍稍清洗，擦掉那些小小的
尘土结晶的花，然后
是一束光柱，接着出现我的父亲，
活着，或是被做了防腐处理，比此刻我们
所有人都年轻，黑发消瘦，
宽松的长裤，穿羊毛袜的腿塞在
我们的祖先系带的靴子中，
在一个湖边，喂柴给一堆野餐篝火
干净的浅蓝色天空下的一个
北方夏日，要不然就是在一部
胶片老旧中的电影里
因为褪色而稀疏地展映，
红色逼近粉色，绿色发灰，

但那儿。还是在那儿。这是我们的全部所得，
这回声，这定格的

485

拟像或微小的印记，
响应着我们对恒久的祈祷，

第一次我们发现
我们不能停下来，或退回过去生活；
当我们睁开
我们的双眼，发现我们被摇撼

既非因为爱也不因为恶意，在这无情的
化学和物理的冰冷双臂里，我们的
坏教母们。正是她们
出席了我们的诞生，她们
对我们施了这个诅咒："你不会永远沉睡。"

波
浪

他坐在一把椅子上吃晚饭
一阵波浪溅到了他。
突然，整个沙滩
完全消失。
1947。苏必利尔湖。去年。

但是这小屋，我说，就那座，
那有猫头鹰的一座——
你还记得吗？
什么也没剩下。没有羽毛。

对于他我们只剩下一些碎片。
为什么你这么老了，他问我，
突然之间？
这片森林哪儿去了？为什么我这么冷？
请带我回家。

外面，邻居修剪草坪。
这儿很好，我说。
没有熊。
有食物。不在下雪。

不。我们需要更多的木头，他说。
冬天已经在路上。
天气会变糟。

女儿们有她们的聚会。
谁能应付得了？
他被遗弃在这儿的一张椅子中
他不能够摆脱
在这漫天的大雪，或可能是
墙纸中。被推到某处。
他不得不狡猾而顽固
并且不泄漏秘密。

另一个男人的手
从一件不是他的斜纹软呢制服的
袖口探出，蜷曲在他膝盖上。他能够用另一只
手移动它。怒吼是不必要的。

谁知道他所知道的一切？
许多事情，但他所在的地方
并不在他们之中。那是怎么发生的，
这洞穴，这小屋？
也许是正午也许不是。

时间是另一个要素
你只有等到它过去了
才会思考它。
就如天花板，或空气这类事物。

有人进来给他
梳头发，推着他去喝茶。
老妇们聚集在周围

戴着珍珠与花。她们想要调情。
一个老男人是如此稀有。
只是来到这里他就成了个英雄。

她们咯咯笑。她们消失
在开花的山楂树丛
背后，或可能是沙发后面。
现在他被独自丢下
电视机开着
气象节目，声音低弱。

一阵寒风席卷过
下午的荒原。
狂乱发生，
紧随在晚餐之后：
某种他尝不到的，
褐色质地的东西。

太阳下山。树木弯腰，
它们直起身。它们弯腰。

八点钟时最小的女儿进来。
她握着他的手。
她说："她们给你喂饭了吗？"
他说没有。
他说："把我从这儿带走。"
他很想说"请"，

但他不会。

停了一会儿，她说——
他听到她说——
"我爱你如盐。"

一次造访

逝去了那时日，
当你能漫步水上。
当你能漫步。

时日已逝。
唯有一天留存，
那天你在其中。

记忆不是朋友。
它仅能告诉你
你已不再拥有的事物：

一只左手你能用，
两只脚可走路。
大脑的所有小玩意。

你好，你好。
一只手依然能用
抓住，不放。

那不是一列火车。
没有蟋蟀。
我们不要慌。

让我们谈谈斧子，
哪种斧子好，
还有木头的许多名字。

这就是如何建造
一座房子，一条船，一顶帐篷。
没有用；这只工具箱

拒绝揭示它的动词；
锉刀、刨子、锥子
回归到阴沉的金属。

你认出什么了吗？我说。
有什么熟悉的吗？
是的，你说。床。

最好观看这条溪流
流过地板
它由阳光构成，

这座森林由阴影构成；
最好看看这壁炉
如今成了一片海滩。

舞　　　　　　是我父亲教我母亲
　　　　　　　如何跳舞。
　　　　　　　我从不知道。
　　　　　　　我以为是相反的。
　　　　　　　交谊舞是他们的风格，
　　　　　　　一个优雅的旋转，
　　　　　　　弯曲的手臂和花哨的步伐，
　　　　　　　一台绿眼睛的无线电。

　　　　　　　总有一些要比你知道的更多。
　　　　　　　总是有些箱子
　　　　　　　被收在地下室，
　　　　　　　穿旧的鞋和珍爱的相片，
　　　　　　　随后发现的笔记，
　　　　　　　你不能演奏的散页乐谱。

　　　　　　　一个女人每周三都来
　　　　　　　带着华尔兹的磁带。
　　　　　　　她试着令他和她一起
　　　　　　　在地板周围滑着碎步。
　　　　　　　她说这会对他有好处。
　　　　　　　他却不想那样。

厌
烦

所有那些时光我是
厌烦透顶。托着原木，
当他锯它时。举着
线当他测量，各种木板，
两样事物之间的距离，或锤打
树桩深入土中为了那一行又一行的
莴苣和甜菜，我接着要（厌烦地）
为之除草。或者我坐在汽车的
后座，或安静地坐在船中，
坐着，坐着，当他在船首、船尾、驾驶座边
他驾驶、掌舵、划桨。那甚至
不只是厌烦，那是观望，
努力地看并仔细接近小小的
细节。近视。用旧的船舷上缘，
错综复杂的斜纹织物的
座套。肥土的酸屑，颗粒状的
粉红岩石，它的火成纹理，海扇的
干苔藓，他后脖子上那微黑
继而转灰的毛发。
有时他会吹口哨，有时
我吹。干活儿时的恼人节奏
再三反复，运木头
擦干
碗碟。这些琐事。正是
动物们花费它们大多数时间所为，
渡运沙子，一粒一粒，从它们的隧道，
拖曳着树叶在它们的洞穴里。他指出
这一点，而我得看着

他四方形的手指头那螺纹结构，指甲下的
泥土。为什么我记得天气仿佛始终是
阳光灿烂的，尽管其实更多时候
是雨天，而且有更多的鸟鸣？
我几乎等不及
要离开那该死的地方
到别处任何地方。也许尽管
厌烦反倒更快乐些。它属于狗或
土拨鼠。现在我不会厌烦。
现在我会理解太多。
现在我会理解。

花
朵

此刻我是个带花的女孩。
我带来鲜花，
丢掉那些残朵，将那发绿的
闻起来像脏牙的水
倒进浴室的水槽，剪掉花茎末端
用我从护士站借来的
外科手术剪刀，
把它们装进一只广口瓶内
我从家里把它带来，因为在这病人旅馆
他们没有花瓶，
我将它们放在我父亲身边的桌上
他看不见它们
因为他不会睁开眼睛。

他平躺在白色被单下。
他说他在一艘船上，
而我能看到它——
那多功能的白墙，极简风格的窗，
小钟，陌生人橡胶般的脚步响，
四周围的沙沙声
来自空调器，要不就是海洋，

而他置身于一条船内；
他把我们抛弃，把什么都抛弃
除了继续进出于
他已经缩小了的身体的呼吸；
一分一秒他驾船徐徐远去，
离开我们和我们致意的

496

并未挥动的手臂。

女人们进来了，其中两位，穿蓝衣；
仁慈没有什么用场，在这里，
如果你没有像她们那样的双手——
宽大而能干，是天使们
丰满而强健的双手，
是吹号和举剑的手。
她们小心翼翼地移动他，掖好被角。
那使他疼，但尽可能小。
疼痛是她们的学问。我们其余人
则是些无助的外行。

一种你既不能治愈又不能进入的苦楚——
有比这更糟的东西，但不多。
过了一会儿它令我们不耐烦。
除了感到遗憾我们什么也做不了吗？

我坐在那里，观看花朵
待在它们的泡菜坛里。他睡着了，还是没有。
我想：他看上去像一只乌龟。
或者：他看上去已经被擦去。
但是就在某处，在那痛苦和遗忘的
隧道的尽头他被捕捉到
那里有我从前认识的同一个父亲，
那位曾经划着绿色独木舟
运送货物，油漆拖曳在船后，
我自己带着钓鱼竿，滑倒

在湿漉漉的巨石上，拍打苍蝇。
那是最后一次我们去那里。

为此，也会有一个最后一次，
带着修剪过的花到这间白色房间。
迟早我也
会不得不放弃一切，
包括因这些花而带来的悲伤，
包括愤怒，
包括我如何带着它们来的记忆
从一个到时候我不再拥有的花园里，
并把它们放到我垂死的父亲身边，
希望我还能够救助他。

两个梦

在他死去前的七天内
我两次梦到我父亲。
第一次是在湖滨，
湖滩，礁石，漂流的树桩，
我母亲穿一件蓝浴衣，发狂地喊：
"他走进湖里去了，穿着他所有的衣服，
只是蹚着水接着沉下去。
为什么他要那么做？"

我潜水找他——
沿着小龙虾的蜕壳，蛤蜊在沙滩上的爬痕，
淹没的石头上海藻的花——
但是他下沉得太远了。
他还戴着帽子。

第二次梦里是秋天，
我们在小山上，所有的树叶凋落，
落在被火烧毁的小屋周边，
每扇窗户都被严霜镀了一层锌，
每根原木都复原了，
没有被梦模糊或褪色，
而是精确，像它们曾经的样子。

这样的梦没完没了。

我父亲就站在那里
背朝着我们
穿着他的风雪大衣，戴着风帽。

他从来没有像那样的大衣。

现在他正在走开。
明亮的树叶沙沙作响，我们不能喊，
他也没有看。

此
时

你最好过来，我哥哥说。
是时候了。当我看到死亡我就知道了。
它有清晰的模样。

这甜蜜的，可怕的医院的味道，
陈腐的尿和消毒水，
以及婴儿香粉。

护士说，最近有人
没在吗？我说，我。
嗯，她说。他们等待。通常都像那样。

我妹妹说，我正抓着
他的手。他退缩
好像要脱开一个绷带，

他皱眉。我母亲说，
我需要点时间
和他一起。不太长。单独。

两个梦（二）

坐在正吃着胡萝卜沙拉的午间
我妹妹和我比较着梦。

她说，父亲在那里
穿着某种特别奇怪的睡袍
上面覆盖着鬃毛，仿佛一件刚毛衬衣[1]。
他瞎了，磕磕绊绊四下走动
撞到了物件，而我在不停地哭。

我说，我的梦相似。
他仍然活着，而所有一切
都是个错误，但却是我们的错。
他不能说话，可是很显然
他想把一切都要回来，鞋子，双筒望远镜
我们已经把它们送人或丢弃。
他穿着带条纹的衣服，像个囚徒。
我们试图表现出愉快的样子，
但是我不高兴见到他：
现在我们得将整件事重做一遍。

谁将这些讯息发送给我们，
转弯抹角而又模糊不清？
它们能带来什么好处？

在大白天里我们知道

---

1 Hair shirt，指宗教禁欲者苦修时直接穿的一种粗糙的粗毛衣服。——译注

逝去的已经逝去，
但是到了夜里就不同了。
一切都未完结，
没有死，也无哀恸；
死者重复他们自己，如同笨拙的醉汉
徘徊道旁，穿过我们
睡梦中朝他们打开的门；
这些被忽视的客人，一律从不受欢迎，
即使是那些我们曾经最爱的人们，
尤其是那些我们曾经的最爱，
从我们将他们过快地推出去的地方
返回：
从地下，从水下，
他们抓住我们，他们抓住我们，
我们也不会松手。

噢
1

圣诞节，这些绿色花冠，
喜庆而多刺，带着它们那明亮的红色
冬青果，点缀着坟墓，

这悲伤制造的震惊的嘴巴
持续地制造着：
圆圆的沉默的"噢"，
叶茂枝繁而生机勃勃
当你触摸它们便会刺痛。

看，它们无处不在：噢。噢。噢。噢。
还有什么能够被说出的？

奇怪啊我们装饰痛苦的方式。
这些缎带，比如说，
以及这小小的硬硬的血的泪珠。
它们为了谁？
我们真以为死者会在乎吗？

今天好冷
就连鸟儿，那些光
与热的阵阵骚动，
都冻结在空中。

赤裸的树在头顶爆裂

1　诗题原文 OH，发音为［au］，与字母 O 同，而诗中所指的圣诞节的花冠多是 O 形。——
译注

当我们摆好花
它们已经结冰僵硬。

春天里这些花会融化，
果子也会，
而且会有东西来吃掉它们。
我们将在这些圈子里
绕一阵子，
冬天夏天冬天，
接着，过了些时候，不再继续。

这是个好念头。

渥
太
华
河
之
夜

满月期间你做梦更多。
我知道我在哪里：渥太华河
远远的上游，那里有水坝穿过。
曾经，在暴风雨的中央，宽阔寒冷的水流
逆流而上，两条载满
孩子的长长的独木舟倾翻了，他们全都手挽手
歌唱着直到寒意袭上他们的心脏。
也许在我们醒着的生命中那是我们
能够期望的止境，如果你想过的那一刻
维持了许多年。
　　　　　　　一次，我父亲
和我划船七英里
沿着这附近的一个湖
夜间，树木像一片披着深色
颈毛的毛皮，而波澜几乎不惊。
月光下前头的路既清晰
又模糊。我那年二十
迫不及待地去了那里，想想
还有这样一件事在。
　　　　　　　这一切
皆不在梦中，当然。只有那水坝厚厚的
四方边的轮廓，以及朝东的
来自磨坊的木屑小山包，闪着白色微光
如同沙丘。向左，寂静；朝右，
激流的漩涡泡沫
越过岩石与暗礁；而那下面，我父亲，
向下游划去
在船上，他如此娴熟

506

尽管已经死去，我现在都记得；只是不再这么老。
他戴着他灰色的帽子，并且显然
他又能看了。就在那里，
他在拐弯处。他终于朝向大海
进发。不是真正的大海，那有着生病的鲸鱼
和一层层浮油的海，而是另一个海，那里仍然有
安全的抵达者。
　　　　只是一个梦，我想，醒来
无声无息。
不是毫无声息。我听见：一片沙滩，或海岸，
有人在远处，步行。
不是熟悉的任何地方。是我从前到过的某地。
总是得花很长时间
去破解你在哪里。

V

朱红霸鹟，圣佩德罗河，亚利桑那州

这条河一直在这里，狂暴猛烈，刚好就在我们站
　　立的地方，
你能通过卡在树上的垃圾辨别。
现在是一条细流，而我们置身于晚春
齐膝深的泛黄的野草中。一只朱红
霸鹟疾冲而下，鼓着翅膀，栖息。
在你的拇指上刺一枚大头针，那滴血珠
会是他的颜色。他充满快乐
和性爱中狂喜的激情。他如何施展魔法，
用他的哭叫，像一根针。一个标点。一枚骨头纽扣

燃烧着。你能够想象的每一件坏事
都在别处发生，或者曾经发生
在此，一百年和数世纪
之前。他歌唱，于是有了谋杀：
你看到它，形成
在微微发光的空气下面，一个男人有着棕色
或白色的皮肤，卧躺在
消失的水中，一杆长矛
或一枚子弹击中他的背。浅滩上，鹿群
黄昏时分越过河滩来喝水
中了埋伏。这只红鸟

正坐在同一棵树上，在阳光下
热烈欢快，阳光令残酷、破碎的头盖骨、箭头
和马刺微微闪烁。秃鹫成群，
他不在乎。他和他的其他颜色的配偶
忽视一切除了他们自己的欢欣。

511

谁知道他们记得什么？
鸟儿从不做梦，他们本身就是。
梦，我的意思是。对于你，这条不在
那里的河正是同一条
你会面孔朝下，淹溺其中的河。

此
刻

此刻，当多年的
辛苦劳作与长长的旅行之后
你伫立在你的房间，屋子
半亩地，平方英里，岛屿，国度的中央，
终于知道你是如何到达那里的，
于是说道 :"我拥有这一切。"

就在同一时刻，树木松开
它们柔软的手臂，从你四周，
鸟儿收回它们的言语，
悬崖裂开并坍塌，
空气从你那里撤退仿佛一片波浪
而你不能呼吸。

"不，"它们低语，"你什么也不拥有。
你是个访客，反反复复
爬上这小山，种下旗帜，宣告着。
我们从未属于你。
你从没有找到我们。
总是刚好相反。"

起
身

你满怀恐惧醒来。
似乎无缘无故。
晨光从窗子漏进，
鸟儿鸣叫，
你起不了床。

不确定，但关乎弄皱的被褥
挂在床边如同丛林中的
树叶，绒布拖鞋朝你的脚
咧着它们暗粉色的嘴巴，
看不见的早餐——其中一些
在你不敢打开的
冰箱内——你也会不敢吃的。

什么阻止了你？未来。未来时，
广大无边好似外太空。
你可能会迷失在那里。
不。一切都不是这么简单。过去，它的密度
和沉积的事情压迫你，
就像海水，像凝胶
代替空气充满你的肺。

忘记那一切，我们起床吧。
试着移动你的胳膊。
试着移动你的头。
假装这房子着了火
而你必须跑开否则会被烧。
不，那种想法没用。

以前也从未管用过。

它来自何处，这回声，
这巨大的"不"围绕你，
沉默似黄色窗帘的
褶痕，暗哑如这只装有

干瘪花朵的快乐的
墨西哥碗？
（你选择太阳的颜色，
而不是阴影干燥的中间色。
天知道你试过了。）

现在有个好设想：
你正生命垂危。
还有一小时的生命。
究竟是谁，令你需要
所有这些岁月去原谅？

没
有
手
的
女
孩

步行穿过废墟
你去上班
那里看起来不像废墟
阳光倾泻在
可见的世界上
如同冰雹或熔化的
银子，明亮
又华丽，每片叶子
与石头在其中明快又确切，
而你不能握住它们，
你不能握住任何一样东西。距离环绕你，
用你手臂的末端划分界线
当它们伸展到最充分。
你不能到达得比这更远，
你以为，向前走，
推着你面前的距离
像一辆有挡板和辐条的
双轮金属推车。
外表从你身上溶解，
办公室与金字塔
在地平线上闪光并停止。
没有人能够进入你所制造的
那个圆圈，那死亡空间的
干净的圆圈，你制造
并停留其间，
因它的干净而悲伤。

然后是那个女孩，白色衣裙，

意味着纯洁，或者不可能
成为任何别的颜色。她没有手，是真的。
那在空中发生的尖叫
当它们被折断时包围她
如同一轮滚烫的沙的
光环，无声的光环。
她流尽了一切。
只有这样一个女孩
能够知道你经历了什么。
如果她在这里她会
伸出她的手臂朝向
现在的你，并触摸你
用她缺失的双手
而你将会毫无感觉，但尽管如此你仍然
能够被触动。

手语者

在我脑后的一片黑暗地带
一座又一座城市中
站着一个黑衣
黑袜的女人：我未知的孪生姐妹。

唯有她的双手移动着：
它们抓住光并将其扔进
沉默，
对这里的某些人而言沉默就是一切。

在她的双手中，灵巧如同一个编织者
只是更快，我的词语变得坚实，
变成身体的一个姿势，一卷线，
一种旗语
对于那些用眼睛倾听的人来说。

看不见她，我在一种
盲目的状态下说话，不知道
什么舞蹈正在被我创造着，

不知道拇指的双关语，手指头
艰难的明喻，
不知道我如何翻译成骨头。

（不过，你在这里建造的
不是一种翻译，哑巴姐姐，
而是由一种缺失所投射的左撇子阴影
它仍然将你移向爱：

我们一起练习着
为了这个地方，所有语言
都将被最后确定
而为一；而双手也如此。）

火
地

就是这儿，有一回，闪电的火
几乎烧到了我们。那里，英勇年轻的
（如今已死去）男儿身穿法兰绒格子
衬衫，袖子卷起，足登伐木工
（过时的）高筒靴子，曾经与火搏斗
用手压泵和斧子，将火势控制在衰减而散发辛辣
　　味的
停顿状态。那里，烧焦的树干平躺着闷烧。
整个事态（他们说）在这个森林中是一道伤口。
　　一道疤痕。
接着在那里，白杨渗进来并渗透了这里，以灰烬
　　为食，还有（紫色的）
火草与（蓝色的）浆果，还有熊，和我们
带着我们的猪油桶与锡杯，我们的果子冻
三明治，午餐时分，在黝黑的岩石上擦破
膝盖，黑色和蓝色
染脏了我们的手和嘴，我们穿着夏天的衣服（由于
防尘布撕破了，它们被丢弃而腐烂）。
如今那块明亮而随意的空旷地
或焦土，或随你喜欢称呼为草地，也已经
消失，成了一片灌木丛林地，一片浅绿色的
湿热的新森林。大地对它自己
做了这一切：犁开，碎裂，突然迸发
火焰。它自己撕开口子，并费劲地
（或不费劲）使口子结壳。月亮
并不介意它自己的

月坑和撞伤。只有我们会遗憾
这烧毁的地方的死去。
只有我们会称之为创伤。

雕
像

翼尖，指尖，乳头，阴茎——
我们曾携带着一起飞翔的部分
都最先被随便哪个带锤子的家伙敲掉了，
对他们而言身体的飞翔是一种冒犯。
你是谁？你蹒跚移步并打着滚
如同一块不可见的巨石或一头山怪穿过公园和墓地
还希望将我们困在地上？
那以后鼻子没了，再后来
是脚趾，如果还有的话。你想阻止我们行走，
不管多么沉重，在我们石灰石的双脚上
寻找我们失去的轨迹。
然后是我们的双臂。拥抱从我们这里被夺走，
还有紧握。我们的嘴侵蚀在你发送的雨中
而我们全部闪亮而确切的
名词与迅疾的动词也和它们一起腐蚀。
我们被碾碎只剩残缺的躯干，
就剩那些，还有我们的脑袋，逐渐
变钝变平的姿势，
我们每一个都是一根发育不全的树桩
顶着一只门把手。然后
头没了，一截木桩，就像一根鲸鱼牙齿或一条舌头
从一张脸上切下，并冻结。

即使这对你来说也不够。
你不会满意，直到我们被冻胀或
被文物杀手们推倒，像你，然后躺着消融在
未切割的草上，就像你。在深深的杂草中。在年
轻的树间。

直到我们瓦解。像你。直到我们碎成卵石
在一片（像你一样）尚不存在的大湖的岸边。
直到我们成了液体，像你；像小小的涡流
一支桨慢慢地在水中划过，
那些暗暗闪耀的漩涡状如一个星系，
那些节孔是世界把自己翻了个底朝天
为我们，也为那一刻，虚无
通过它移动着的
边缘定义了时间。那使我们向下
和向里观看。那使我们飞翔
并具体化，像你。直到我们像你一样。

冬天里的变形生物

一

透过敞开的窗户裂缝，风
吹进来，绕着我们流动，虚无
在移动，如同时间。那不在此处的力量。
雪腾空它自己落下，一个阴影变成
靛青色，涂抹着
那里的一切，屋顶，小汽车，垃圾桶，
死去的花茎，狗粪，这无关紧要。
你可以将这读作宇宙中
冷漠的部分，或是一种没完没了的
宽恕：我们所有的
胡涂乱抹、污渍、致命的
创伤与匆忙处理的事物
都在雪巨大的擦抹中被扫净了。

我感到它如同一种压迫，
额外的一层：
上面，白色的雪的瀑布
轰鸣而下；接着是阁楼，用樟脑丸
保存的毛衣，游牧帐篷，
旧信里干燥的词语；
接着是楼梯，孩子们，猫和冰箱，剥落的油漆，
床上的我们，一团烟熏火燎的
晚霞，我们唯一的蜡烛摇曳着；
我们下面，黑暗中的厨房，架子上
闪烁的锅；然后是书和用具，然后是地窖
与火炉，灰暗的玩偶，一辆自行车，

房子整体不稳定的地貌
隐藏的老鼠踪迹交错纵横，
而在那下面是一条被埋葬的河
每个春天都向上渗水
漫上水泥地板，
树根将管状的嘴伸进排水沟
缓慢地拱路开道；
那下面，我们祖先的
骨头，或如果不是他们的，就是某人的骨头，
与一大堆的线虫类的生物混合；
那下面，是岩床，接着是熔化的
石头和地球炽热的核心；
而在一旁，向外延伸到城市里，街道
和街角商店以及购物中心
与地下通道，然后是谷仓和荒废的林地，大陆
与岛屿，海洋，传说的薄雾
漂流在潮水上
如同海草，动物
物种被碾碎并闪灭
还有出生与疾病，仇恨和爱的红
外线，怜悯的肤色，祈祷的紫
外线，然后是谣言，悲哀的和平
与悲哀的战争的交替波浪，
接着是空气，然后是光芒闪耀的离子，
接着是星辰。那便是
我们之所在。

二

几个世纪前，我们住在森林
边缘，在这样的夜晚
你会披上一块熊皮
蹒跚着出去巡游，笨拙地
走在树间，成为雪坡背景前的一幅
人类恐惧的剪影。
我会挑选狐狸；
我喜欢这些笑话，
喜欢我足迹后面的迂回，
而且，让我们面对它，窃贼。
然后回去，我有许多形状；
滑行着进进出出于
我自己光滑的鳗鱼皮囊，
而你的也一样；我们是彼此的
彩虹手套，这灵敏的身体
全是花招与幻想。
曾经我们柔韧似巨蟒，快捷
而银亮如同青鱼，并且我们依然，时刻如此，
只是我们的膝盖受伤。
此时我们满意地挤在
鸭子和鹅脱落的羽毛之下
当风儿涌入如同一条河流
我们游泳其间并还要持续游动，
仿佛鲑鱼在一片水流间。
　　　　　　　　我们身体内
每颗细胞从那时起都已经更新过

526

那么多次，我爱，那原初的
我们没有剩下，
什么。我们的脚印
成了石灰石，或者想象它
如同煤变成钻石。更少了
弹性，但更多了凝聚性；
不再有欺骗或化名，
至少在外表上。尽管不由自主，
我们已经积累了，其他的伪装：
你是头皱巴巴的大象——
披着白毛藏在手提箱内，
我则是一丛荆棘灌木。噢，毛发
总是难对付。然后出现了
眼睛的问题：太近，太远，你是个污点。
我以前常说我在哪儿都认得出你，
但只是越来越艰难。

三

这是至日，太阳寂静的
点，它的尖端与午夜，
一年的门槛
和开启，那里过去
释放而成为未来；
这呼吸被攫住的地方，一间
消失的房子剩下的半掩的门。

握住手像孩子们

迷失在一个六度空间的
森林里，我们横穿而过。
房子的墙壁折进去，
房子自身也从里
向外翻开来，像是一朵郁金香
最后盛开的一刻，而我们的蜡烛
骤然一亮接着熄灭，仅存的常识
对我们而言是触觉，

就像将来，稍后，另外的某些
世纪，即使我们仿佛彼此间
都不如我们曾经的样子。

但是这诀窍只是持续着
通过所有的表象；我们也如此，
是啊，我知道是你；
而那就是我们最后会成为的，或早
或晚，即使那时比现在
更暗，雪也更冷，
那时最黑暗且最寒冷
而蜡烛对我们不再有任何用场，
能见度是零："是的。
那还是你。依然是你。"

早晨在烧毁的房子里

我在烧毁的房子里吃早餐。
你知道并无房子，也没早餐，
不过我却在这里。

熔化了的勺子刮着
也已熔化了的碗。
四周也无人。

他们去哪儿了，兄弟姐妹，
母亲和父亲？沿着沙滩离去了，
也许。他们的衣服还在衣架上，

他们的盘子堆积在水槽边，
水槽挨着木炉的
炉架与熏黑的壶，

每个细节都清晰，
锡杯和波纹镜子。
那一天明亮而无歌，

湖面碧蓝，森林警觉。
东方，一层云
默默地上升如黑面包。

我能看见油布中的旋涡，
我能看见玻璃中的裂纹，
还有阳光撞到它们产生的那些光焰。

我看不到我自己的胳膊和腿
也不知道这是圈套还是福佑，
我发现自己回到这里，而这所房子里

一切都已经长久地完结了，
水壶和镜子，勺子与碗，
包括我自己的身体，

包括我曾经的身体，
包括我现在的身体，
当我坐在这个早晨的桌边，孤单而快乐，

赤裸的孩子的双脚踩在烧焦的地板上
（我几乎能看见）
穿着我燃烧的衣服，那单薄的绿色短裤

还有脏兮兮的黄 T 恤
托着我灰烬的、不复存在的、
发光的身体。闪耀。

初版译后记

　　玛格丽特·阿特伍德（Margaret Atwood）是加拿大著名诗人、小说家、文学批评家、随笔作家以及环保主义者。她也是迄今在中国被翻译和研究得最多的加拿大当代作家。在中国，上世纪八十年代初，这位当时被认为"有才华的中年女作家"和她的主要作品首次得到介绍（黄仲文《加拿大的英语文学》，《外国文学》1981年第10期）。其后，《世界文学》《外国文学》《诗刊》《当代外国文学》等杂志陆续译介、刊发过她的短篇小说和诗作。1991年，中国文联出版公司出版了她的长篇小说《假象》（*Surfacing*）和文学批评论著《生存——加拿大文学主题指南》，两本书原版于1972年。《假象》是阿特伍德的第二部长篇小说，她的第一部长篇小说《可食的女人》（1969年初版）于1994年译介出版。这两部小说后来又有了新的译本，分别以《浮现》和《可以吃的女人》为新译书名，于1999年由译林出版社和上海译文出版社出版。那以后，阿特伍德得到了更广泛的译介，据不完全统计，目前为止译介作品已逾三十种，包括获得布克奖的长篇小说《盲刺客》，以及代表作品《别名格雷斯》《神谕女士》《猫眼》《羚羊与秧鸡》《珀涅罗珀记》《强盗新娘》等。译介集中在长篇小说方面，另有短篇小说集《蓝胡子的蛋》《荒野指南》等和随笔集、评论集若干。

　　长久以来，阿特伍德更多因其小说而享誉世界文坛，但她的写作生涯始于诗歌。十九岁发表第一首诗，第一个出版物是一本诗歌小册子《双面珀尔塞福涅》（1961），由一家名叫Hawkshead的独立出版社出版，只印了两百本，如今已成珍稀出版物。第一本正式出版的诗集《圆圈游戏》（1964）即获得加拿大总督文学奖。在三十岁出版第一部长篇之前，阿特伍德已出版过六种诗集和诗歌小册子，成了当时加拿大最著名的青年诗人。她同时写作诗歌、小说、儿童文学、非虚构文学（随笔和评论）等，并在她涉猎的不同文体上成果卓异。截止到2014年，玛格丽特·阿特伍德共计出版过诗集十七部、长篇小说十四部、短篇小说七部、童书八部、非虚构文集十一部，另有小型出版物多种，包括七本诗集、四本小说集，以及电视剧脚本、广播剧脚本，编纂书籍、声音出版物多种。

在加拿大和英语文学世界，阿特伍德也是被公认的重要的当代诗人之一。

阿特伍德在一篇回忆文章中称，自己是在十六岁时成为一名诗人的。当时还是中学生的她，在阳光灿烂的某一天，穿过球场，走在从学校回家的平常小道上，忽然，她感觉到"一只巨大的拇指无形地从天空降下来，压在我的头顶"。于是，一首诗诞生了。尽管只是首年少之作，但"作为一个礼物，这首诗——来自于一位匿名恩赐者的礼物，既令人兴奋又险恶不祥"（《指令之下》）。这既可以理解为文学灵感的神秘和支配性，也如阿特伍德所言，预示了"我从非写作者变成写作者的转变"（《与死者协商》）瞬间。

诚如上文所言，阿特伍德的诗歌差不多和她的小说同时在内地得到译介，但比较而言，诗歌翻译零散，兼常有重译，以致她的诗歌面貌远不如她的小说留给读者的印象清晰并深刻。我对作为诗人的阿特伍德产生进一步阅读的兴趣，是在读了诗人翟永明的短文《日渐衰老的女诗人坐在阳台上》（《纸上建筑》，1997年）之后。2000年4月，短期访问澳大利亚悉尼大学期间，我在悉尼大学附近一家名为Gleebooks的书店买到诗集《吃火》（*Eating Fire*）。《吃火》（1998年出版）是阿特伍德的第十六本诗集，精选了她的三种诗集《诗选：1965—1975》《诗选：1976—1986》和《早晨在烧毁的房子里》中的作品两百十二首，体现了她1965年至1995年三十年间诗歌创作的主要成就，三种诗集里的前两种囊括了前二十年中阿特伍德出版的十一部诗集里的主要作品。

我着手翻译《吃火》，起先是为了在女性诗歌民刊《翼》上介绍这位女诗人。后接到当时在河北教育出版社任职的楚尘先生约稿，计划译出整本诗集。《吃火》初稿译成于2003年非典（SARS）疫情严峻时期，不过，译稿的修订进行得相当缓慢，而出版也历经了几番周折。2014年，《吃火》译稿辗转至河南大学出版社，在杨全强先生的努力下，终于可以与读者见面。好事多磨，还是回到作为读者的我，对阿特伍德诗歌的理解与认识吧。

阿特伍德的诗歌总体上呈现为一种克制、冷静、含蓄的语调。或许因为写小说惯常运用描绘与记述，在诗中，她不喜铺排的描摹或想象，而着力于对句子中节奏灵敏的探索，在整体的叙述性中蕴藏了多样的情绪切换，富有戏剧性。阿特伍德写作无韵的自由诗，在诗歌体式上有多样的探索。纵观阿特伍德的诗歌，比照《吃火》中诗人早期和晚近诗作，我们能够看出，她的写作呈现出日益明晰、坦率和质朴的趋向。选词更简明，语序更自然，断行遵从深长、平稳的呼吸，甚至修辞也逐步简省，这使得阿特伍德晚近的诗歌更平易、耐读。这是我特别喜爱《吃火》集子中《早晨在烧毁的房子里》的诗作的原因。

通读阿特伍德的诗歌，不难发现，阿特伍德几乎每一本诗集都是对一个相对完整主题的挖掘，同时，诗人也为不同的主题找到相应的独特形式。诗集《苏珊娜·穆迪日志》以加拿大早期移民作家苏珊娜·穆迪的经历为素材，采取日记体，以后者的口吻描述加拿大早期拓荒者在同大自然斗争的过程中矛盾而艰难的内心历程。诗人不仅模拟苏珊娜·穆迪的日记，书写了后者在丛林中开荒、扎根的经历，还想象她死后乃至"复活"——实际是其精神延续性的内心世界。"日志"分为三部分，是由二十七首短诗构成的长诗。《强权政治》探讨了两性关系，讽刺了浪漫爱情的欺骗性，具有鲜明的女性主义色彩。这本诗集中的诗句多口语化，常以轻松、自然、戏谑的口吻描述日常生活细节，漫不经心而又一针见血地指出不平等的两性之间的权力关系。在以书写女性经验为主旨的诗集《双头诗》中，阿特伍德将笔触探向她的母系家族史和加拿大历史，为女性身份、女性书写正名，剖析加拿大人身处两种文化之间的尴尬。初版于1978年，《双头诗》或许标志着阿特伍德的诗歌风格迈入了沉郁、深厚的新一阶段。套用当代中国诗歌批评中的一个概念，可以说，阿特伍德进入了熔铸现实与历史、神话与想象、观察与内省的"中年写作"。其中，《为祖母们而作的五首诗》《嫁给绞刑吏》等都是撼动人心的佳作。也许是因一度致力于小说写作而在诗坛沉寂近十二年之故，1995年出版的《早晨在烧毁的房子里》，无论题材、主题与风格都相当丰富多样。其中第Ⅳ部分追悼她的亡父之作，以平实的语言记述记忆中的生活场景，几乎不加修饰，却真挚动人。

　　童话、神话、加拿大历史故事、政治事件、经典文学和艺术形象等，是阿特伍德在各个时期的诗歌中经常运用的素材。或是通过改写、重写，或是糅合诗人的生活经验书写，或是将神话、童话寓言化，阿特伍德都能感发激励，化腐朽为神奇，使旧典焕发新鲜的艺术魅力。在《变形者之歌》《蛇之诗》《无月期》等诗集中，有大量改写和重写神话、童话的诗歌作品。而《早晨在烧毁的房子里》的Ⅱ、Ⅲ、Ⅳ部分，神话、历史、经典文学形象元素不断出现在诗歌中，成为阿特伍德借以观察现实，处理日常经验不可或缺的出发点和方法。如果从文学原型和批评方法的意义上理解，这或许部分地得益于她大学时代的老师、加拿大著名神话-原型批评家诺斯罗普·弗莱的启发。那些负载着"集体无意识"的神话、童话形象不仅为诗人提供了现实故事的叙事原型，也是诗人借此探寻主体性，营造现实的有力的替代物。诗人仿佛可以随时戴上或摘下这些"面具"，既扮演又观察，既体验又批评。

　　阿特伍德在诗歌语言上力求准确、明晰，带有鲜明的叙述性与戏剧感，也有一些诗作侧重抒情性，或掺入文字游戏。在大量世情观察的诗歌中，阿特伍德将作为小说家的冷静与尖锐，转化为富有锐利质感的语言。《你契合我》是诗集《强权政治》中的题诗，诗人巧用"钩子（hook）"与"眼睛（eye）"这两个词语在英语中的双关，形成了两组意义翻转的意象，讽刺了浪漫爱情关系中的暴力与不公——

You fit into me
like a hook into an eye

a fish hook
an open eye

你契合我
像一枚搭钩契合一只扣眼

一枚鱼钩
一只睁开的眼

第一节中的 hook 和 eye，指人们常见的衣服上的搭扣，由搭钩与扣眼组成，高度契合，美好之爱也如用了契合的搭扣的衣服般，让穿它的人感到舒畅。第二节并列的两个短语，hook 与 eye，代表其初义，形象鲜明，闪现出充满暴力的紧张感。眼睛的脆弱，鱼钩的尖利，通过"契合"一词获得巨大的反讽张力。在《一个女人的问题》中，诗人冷静地描绘作为"展品"的几个女人被侮辱和被摧残的身体，克制的口吻中蕴藏着愤怒的力量。在诗的末尾，诗人质问：

这不是博物馆。
谁发明了"爱"这个词？

在大量有关女性题材的诗歌作品中，阿特伍德揭示男权社会对女性压迫和施暴的诗句常常尖锐到近乎残酷，反映了诗人精神底蕴的强大。这也与她追求简练、清晰和准确的总体诗歌风格密不可分。

阿特伍德开始写作的年代，也是加拿大英语文学迈向成熟阶段的历史时期。阿特伍德的写作始终坚持探寻加拿大文学的主体性，围绕着"生存"或"幸存"（"生存"和"幸存"是英文survival的两种含义）这一既是历史和现实的也是象征性的关键词展开，并使主题延伸或衍生出丰富的内涵，去触及时代、现实社会和大千世界。在阿特伍德的诗歌中，贯穿着人与自然、人与动物、人与人、人与历史以及人与文化之间复杂缠绕的冲突、交流和平衡意识。这也使得她的写作突破了民族的和文学史的文化空间视野的拘囿。读阿特伍德的诗，我们既能了解加拿大的自然风光和历史文化，也能体察诗人融合日常生活、情感历程与心灵沉思的审美情怀，还能感受到诗人对人类中心主义的警惕与反省。《早晨在烧毁的房子里》写到诗人童年居住过的房子毁于大火，诗人想象自己回到那所记忆中的房子里吃早餐，在回忆和想象之中，细节清晰起来，森林、火、厨房里的器物、湖面、天空、"我"等——展现：

> 一切都已经长久地完结了，
> 水壶和镜子，勺子与碗，
> 包括我自己的身体，
>
> 包括我曾经的身体，
> 包括我现在的身体
> 当我坐在这个早晨的桌边，孤单而快乐，
>
> 赤裸的孩子的双脚踩在烧焦的地板上
> （我几乎能看见）

穿着我燃烧的衣服，那单薄的绿色短裤

还有脏兮兮的黄T恤
托着我灰烬的，不复存在的，
发光的身体。闪耀。

　　因为父亲是一名昆虫学家，阿特伍德幼年和童年时代有很长时间跟随父母居住在森林里。表面上看，这首诗是回忆之作，随着诗句的展开，画面感的增强，我们仿佛能够看到森林里的湖，湖边的小屋，屋里的陈设，只是人去屋空，而诗人把童年的自己安置在这所不存在（因为已被烧毁，变成回忆中的存在）的房子里，看着自己和房子一起燃烧起来。写下这首诗的诗人早已告别了童年，"永恒的活火"烧毁了旧屋，也燃尽了过去的时光。一切皆流，"人不能两次走进同一条河流"，万物相互转化，唯有精神的生命持续着，不朽而永恒。

　　阿特伍德的诗也是对翻译的考验，简练的散文风和自由体虽使译者不至总是纠结于词语的精确及押韵与否，但诗歌之所以是诗歌必须有其音乐性。诗歌翻译中，译者尤其需要一双灵敏而谦卑的耳朵，如同音乐家，能准确辨别原诗的声音特征。整体而言，《吃火》译文尽量遵照原诗的口吻，不刻意追求汉语诗歌语言的风格化。虽然换一位译者，也不排除汉语中的阿特伍德带有另一种声音的可能性。在识准声音的基础上，寻求词语的准确，勾勒诗人阿特伍德的三维形象。原诗中的某些特殊形式——比如阿特伍德有一段时间喜欢在诗中用符号"&"作连词，译文也作了保留。

　　对作家阿特伍德的总体研究，在汉语世界已出版两本专著，《玛格丽特·阿特伍德研究》（傅俊著，译林出版社2003年出版）和《生态批评视野中的玛格丽特·阿特伍德》（袁霞著，学林出版社2010年出版）。前一种以阿特伍德的生平为线索，概述了她各个阶段的写作面貌，侧重考察了她的长篇小说、诗歌和短篇小说中的代表作品。后一种著作以生态批评为文学、文化研究方法，将阿特伍德的文学写作分成四个主题，并结合作品一一加以探析。这两本专著就阿特伍德的写作所涉猎的题材、主题，以及总体艺术特征进行了全面的概括。

译文校对过程中，我要感谢来自美国的诗人、汉学家徐贞敏（Jami Proctor-Xu）的无私襄助。感谢杨全强先生的耐心和坚持。因本人学识有限，译文中难免疏忽和错误，苦心的努力也可当作抛砖引玉，期待方家与同道指正。

周瓒
2015年3月

重 版 后 记

　　自2015年3月《吃火》中译本出版至今，玛格丽特·阿特伍德又出版过小说与诗歌作品多部，并在世界文坛声誉日隆，而她在汉语中也得到了更深入的译介。2016年8月，在马其顿斯特鲁加国际诗歌节期间，我有幸见到阿特伍德本人，听她读诗，谈话，为她的幽默和智慧所折服。此次借上海译文出版社推出新版《吃火》之机，我仔细校订了原译，纠正了一些明显的译误，并调整了之前译文中部分带有个人习惯的语序传达和略显夸饰的译法。校订过程中，我喜欢反复出声地读出译文，希望在听觉上，使汉语中的玛格丽特·阿特伍德更加可感可触，贴合我关于她的声音印象。

　　玛格丽特·阿特伍德对当代中国诗人的启发与影响也不容忽视。

　　或许，我们的印象里，在中国，被谈论的外国诗人，多是些经典大诗人和获得诺贝尔文学奖的重要诗人，而且大部分是以诗歌为主要创作文体的作家。同时，因文学市场和文学潮流左右的翻译的不确定性，我们发现，不同时期受到关注的外国诗人也有所不同。在当下的文学语境中，一个时期特别受到重视的外国诗人，通常是在某些方面对中国诗歌存在的问题有针对性参照价值的诗人。从写作立场、诗歌观念、主题，到具体的写作技艺等方面，均如此。以上情形可以理解为，是客观上出自自身的需要而选择翻译对象的情况。另一方面，部分中国诗人已经自觉到，需要对同时代其他国家的诗歌同行给予更多的重视与关注，由此，通过阅读、译介同期富有创造力的当代外国诗人，是一种平等的文学和文化上的交流与竞技。

　　上世纪九十年代，中国诗人就注意到了玛格丽特·阿特伍德，沈睿、翟永明、蔡天新、黄灿然等诗人，或翻译，或撰文谈论过她的诗。进入新世纪，又有宇向、董继平、杨向荣等诗人与译者，继续深入全面地译介作为诗人的阿特伍德。1990年代与新世纪的前十年，这二十年是中国当代诗歌最具活力的年代，诗歌观念的更新、诗歌思潮的涌现、诗歌争论的激烈与频繁，显示了多元活跃的诗歌生态。我于2000年左右开始翻译玛格丽特·阿特伍德的诗，在翻译过程中，曾经跟诗人翟永明、朱朱、鸿鸿分别有过不止一次的讨论，显然，从了解程度可知，他们是把阿特伍德作为身边同行来看待的。

所以，这是作为共时性现象或知音现象的诗人之间的惺惺相惜吗？就像我在马其顿见到阿特伍德，她和我说的第一句话是"北京的空气质量怎么样？"，我意识到，这种现实感与连带感只有在开放又严肃的心灵之间才能产生。

如果把玛格丽特·阿特伍德的诗歌在中国诗人中引起共鸣的时间，集中在我所说的1990年代至2000年代，那么，我们便可以从诗歌的叙事性、主题诗集写作、女性诗歌写作、对童话与神话的当代改写，以及诗歌的戏剧性探索等多个方面，来考察玛格丽特·阿特伍德对于中国当代诗人的影响。当然，围绕这些议题，我们不可能只将阿特伍德作为唯一的影响源，甚至，也不便轻忽中国诗人自身的创造性。这也是我在此文中，宁肯使用启发、共鸣和连带感等词汇的原因。这种偏离了传统比较文学的"影响研究"意义上的相互比照，理应另辟新文详加阐明，或可借此发现更有趣而多面的故事。这里，我仅把问题提出来，以待有兴趣者与我共同探讨。

是为记。

周瓒

2024年2月28日

Margaret Atwood
EATING FIRE: SELECTED POETRY 1965-1995
Copyright: © 1998 by O. W. Toad Limited
This edition arranged with Curtis Brown−U.K.
through BIG APPLE AGENCY, LABUAN, MALAYSIA.
Simplified Chinese edition copyright:
2024 SHANGHAI TRANSLATION PUBLISHING HOUSE (STPH)
All rights reserved.

图字：09−2021−784号

图书在版编目（CIP）数据

吃火：1965—1995诗选 /（加）玛格丽特·阿特伍
德（Margaret Atwood）著；周瓒译. — 上海：上海译
文出版社，2024.5
（玛格丽特·阿特伍德作品系列）
书名原文：Eating Fire：Selected Poetry 1965−
1995
ISBN 978−7−5327−9465−2

Ⅰ.①吃… Ⅱ.①玛… ②周… Ⅲ.①诗集－加拿大
－现代 Ⅳ.①I711.25

中国国家版本馆CIP数据核字（2024）第056518号

吃火：1965—1995诗选
〔加〕玛格丽特·阿特伍德 著 周瓒 译
责任编辑 / 顾真 装帧设计 / 尚燕平

上海译文出版社有限公司出版、发行
网址：www.yiwen.com.cn
201101 上海市闵行区号景路159弄B座
苏州市越洋印刷有限公司印刷

开本 850×1168 1/32 印张 17.25 插页 5 字数 96,000
2024 年 5 月第 1 版 2024 年 5 月第 1 次印刷
印数：0,001 — 4,000 册

ISBN 978−7−5327−9465−2/I·5922
定价：98.00元

本书中文简体字专有出版权归本社独家所有，非经本社同意不得转载、摘编或复制
如有质量问题，请与承印厂质量科联系。T：0512-68180628